初戀販賣所

Misa 著

Chapter 1

餘光

鉛筆劃過紙張的聲音在教室迴盪，微風從窗戶吹了進來，頑皮的風捲走了試題卷，原先只是掉在我腳邊，但是當我彎腰想撿起試題卷時，風又再次吹起，將試題卷往前方吹去。

「啊……」我小聲喊了聲。

看向四周，好像沒有人注意到我的試題卷飛走了，所有考試的同學都埋首奮筆疾書，看了時鐘，這下子我有些慌張，還剩下最後一大題沒有寫，就算前面全部滿分，少了那一大題，一定也考不上這間私立國中。

我正考慮是不是要開口，請附近的同學幫我撿起來，但是這樣怕被監考老師誤會……監考老師！

怎麼這麼笨呀，請監考老師幫忙不就好了嗎？

於是我正準備舉手的時候——穿著襯衫與牛仔褲的男人彎腰撿起了試題卷，他戴著黑色的細邊眼鏡，留著中規中矩的學生頭。

他與我對眼，露出了輕輕的微笑，走到我身邊將試題卷放在桌面，然後繼續往前方走著。

我回頭看著男人，他正在每條走道間徘徊，注意每個學生是否需要幫助。剛進來教室的時候太緊張了，我並沒有多看幾眼監考老師，所以直到這時候才看清楚。

監考老師好年輕，要說是大學生也不為過。他清秀的五官、乾淨的衣領、短短的指甲，看起來就像是電視上會出現的明星一樣。

然後，我感覺到自己的心跳加快，像是被人抓緊了一下。

那時候，我還以為自己心臟怎麼了呢。

直到我進到這所獨立招生的私立國中，直到發現班導就是當時的監考老師時，我才明白當初那瞬間的心跳加速，是一見鍾情。

「帶著一顆虔誠的心，想著自己想要的戀情，想像販賣所的外觀，就能夠抵達初戀販賣所，在這裡絕對能買到你想要的戀情。」

我看著螢幕上的字句唸著，好像騙人般的說明，但此刻我卻是相信的。

應該說，我也別無選擇了。

初戀販賣所，是流傳在女孩子間的都市傳說。

起因永遠是聽說某個學姐，或是朋友的朋友、朋友的親戚之類的，關係似乎很近但是又無從查證。

她們說，當妳的戀情遇到了問題，無論單戀、暗戀還是戀愛中，只要妳的心正因為「戀」而痛苦不已時，那就有機會抵達初戀販賣所。

抵達的方式，只要閉上眼睛想像初戀販賣所外觀會長什麼樣了就行了。

非常不清楚的資訊，而且聽起來還有點蠢，可是很多女孩子相信。

我原本不信的，因為怎麼可能有地方可以販賣想要的戀愛，人心不是不能控制的嗎？況且，怎麼抵達那裡都講得模稜兩可。

但是前幾天發生了一件事情，應該說是兩件事情才對。

第一件事情，就是這一次實現的人不再是「遙遠的某某某」，而是近在咫尺的同學。

那是放學後的聚會，我們幾個人在考試完後的下午，到學校附近的茶店聊天放鬆，又有人提起了這件事情。

「班長，妳不要不信耶！聽說隔壁班的班長就找到了，所以她現在才跟校草在一起。」

「這一次居然不是遙遠的人了，而是隔壁班的班長。」張明明眼睛發亮，轉頭又看向我。

「怎麼了？難道妳們想去問她？」

「當然呀，真的有人找到了初戀販賣所，我們還不把握機會去問嗎？」林采彤也贊成。

然後就是這麼巧的，隔壁班的班長和校草也在這時候進來了茶店。

想當然耳，我的朋友們立刻邀請他們一起入座，雖然和他們不熟，但是隔壁班班長認得我，加上現在店內也沒有位子，所以她和校草便坐了下來。

我們還是很懂基本的禮儀，並沒有在校草面前問起初戀販賣所的事情，而是在校草去廁所的時候，才把握機會趕緊詢問。

「喔……我真的去了喔。」她說，還摸了一下自己後頸的短髮。

「真的假的？妳怎麼去的？」我率先發問。

「其實跟傳聞差不多，我暗戀他暗戀得很辛苦，最後我就遵照傳聞的方法，閉著眼睛想像……然後我就到了。」

「到了？什麼意思？」張明明問。

「就是在睡前我想像了，我就到了初戀販賣所。」

「妳是說妳夢到？」我重複，夢到就不是真的呀。

「不是，是到了，我在夢中找到了。」她認真說著，「初戀販賣所，在夢裡面。」

「校草要回來了。」林采彤看見校草正往這走，於是提醒。

於是我們草草結束這個話題，而我思考著她剛才所說的那些話，那不就是夢話嗎？

這件事情，就到這裡結束。後來我們也沒有再去找隔壁班班長細問。

再來，就是第二件事情了。

當初考試時的那位監考老師，也就是我的班導，他叫做朱志勳，名字有點俗氣，但又有點好聽。而且，他真的才畢業沒多久，我們是他帶的第一個班級。因為年紀算是相近，但雖然說相近，也差了十二歲，可是這樣就夠近了。所以大家都不會叫朱志勳老師，而是叫他本名。

可是我不一樣，我是班長，所以我都稱呼他為老師。或許是因為這樣，所以老師也都會刻意稱呼我為班長，不是我的名字。

這一點，就像是我們的默契一樣，讓我覺得我們兩個格外親近。

我和老師單獨相處的機會很多，因為我是班長，所以很常幫老師做事情，而我也願意那麼做。

「班長呀，妳很不像國中生呢。」

「老師呀，你也很不像老師。」我學著他的語氣，正將講義裝訂。

「我是說真的，妳太成熟了。」老師則是把紙張分類，擺成十字模樣讓我裝訂。

「我也是講真的，老師，你居然不會用影印機的分頁，才會讓我們都放學了還在這邊人工分類並裝訂。」

「哈哈。」老師笑了，我喜歡當他笑起來時，在鏡片後面那瞇起的眼睛彎成新月的模樣。「以後妳畢業了怎麼辦？雖然我帶學生的經驗不多，但是像妳這樣會在放學後留下來幫老師忙的學生應該不多了。」

我停下手上的動作，抬眼看著他，「畢業了以後我也會常回來找老師的。」

「謝謝啦，我會記得這句場面話。」

我皺眉，「我是真心的。」

「好、好。那班長有想過要考哪所高中嗎？」

「老師你也太不上心了吧，我們都快要國三了，之前不是也交過志願表了嗎？」我故作生氣的模樣，讓老師又笑了下。

「別人的我可能不記得，但是班長的我記得很清楚喔。」

他的話讓我的心臟彷彿被捏緊了一下，有些緊張地問：「為什麼？」

老師對我說的每句話，都會讓我有更多遐想。

「因為班長的成績很好，可是選擇的高中卻是我們附近的，檔次有差呢。」

可是老師的話卻讓我原本激昂的心失落下來。

「我們附近的高中也很好啊，況且這樣生活圈都差不多，我也覺得很好。」「跳脫生活圈不是更好嗎？」老師把最後一張紙疊起，拍了一下手，「終於全部分類完了。」

「我不要，我喜歡這裡。我要待在這裡。」然而我卻像是賭氣一樣這麼說。

「好、知道了，選擇想念的高中就好啦。」老師哄著我，還不忘摸了我的頭。

我皺眉嘟嘴地瞪著老師，像是在跟他鬧彆扭一般撒嬌，老師也只是溫柔地揉揉我的頭髮，然後也拿起釘書機，一面將講義訂起。

我喜歡老師，從那時候開始，已經兩年。

我知道自己還是國中生，而老師是成年人了，所以再怎麼樣，我也不能跟老師告白，在他眼中，我還是一個小孩子。

可是我會長大，等我長大以後，等老師也能把我當戀愛對象的時候，那時候再來告白也不遲。

所以，我不能離老師太遠，我必須要一直在老師生活圈左右，這樣子他才會記得我。

就因為這個信念，我一直很忍耐，也一直很努力。我表現得優異，我讓老師對我印象深刻，我讓自己成為最接近老師的學生。

可是我錯了，或許是因為我喜歡老師，所以只會挑對自己有利的部分相信，才會認為自己很努力了。

卻忘記了，老師也是有個人生活的，老師下班了以後，是朱志勳。而朱志勳有自己的人生。

啪！

我的課本掉到了地上，而我的眼睛盯著老師的無名指，身體像是石化了一樣，無法動彈。

「大家看！朱志勳的手上戴上戒指了！」張明明大喊，班上的同學都看了過去。

老師無名指上的銀色戒指，閃閃發亮。

「你們也太敏感了吧！」他的臉有些害羞，而我卻覺得身體顫抖。

「志動你什麼時候有女朋友？居然都沒有跟我們講！」林采彤也跟著起鬨，班上開始拍桌嚎叫，要老師吐出和女朋友的相戀過程。

「我們是高中同學，以前就交往，後來分手了。前一陣子才又復合，復合以後就覺得不要再錯過彼此了，於是決定結婚。」老師紅著臉一邊簡短交代，「好了，你們課本收一收，要考試了。」

「啊唷！再講得更詳細一點啦！」

「不行不行，快點！」

「可是志動不是才二十五歲左右嗎？這不是太早婚了嗎？」張明明在考卷發下來以後還在問。

「好了，安靜，快點寫考卷。」

「還是跟上潮流，先上車後補票？」林采彤只是開玩笑地說，但是原本正在黑板上寫字的老師手指卻停下來了。

班上的人愕然，接著大叫：「真的假的～～朱志動要當爸爸了！」

「你你你你們小聲一點啦！現在在考試！」

我不敢相信，也不願相信。

我把自己對戀愛的期待放在了未來，然而老師連未來的機會也不給我。

我的心像是塊玻璃，落到了地上，碎得一片片。

我躺在床上，把所有已知的資訊重新默唸過一遍，然後閉上眼睛。

在我想像的初戀販賣所，是一個在櫻花樹下的商店，外觀就像是老舊的獨立雜貨店一樣，櫻花樹下有著斑駁的白色長椅，而販賣所的門口有老舊的木頭椅子，那裡放了幾杯茶，還有幾隻貓正在打盹。

櫻花花瓣會隨著風飄動，販賣所的大門是透明的塑膠拉門，最上面還有門鈴擺動著。

那裡靜謐、又美麗。彷彿還可以感受到風的吹拂，以及花瓣貼到了臉上的觸感。

我摸上了自己的臉頰，指尖黏著一枚花瓣，尾端有著裂痕，就像是愛心一般。

風鈴清脆的聲音隨風擺動，我看著那間酷似雜貨店外型的商店就在眼前，門邊還掛著木製招牌，寫著「初戀販賣所」。

我瞪大眼睛，原來初戀販賣所是真的存在。

叮鈴叮鈴！

我拉開了塑膠門，意外的裡頭真的就像是雜貨店一樣，有著許多零食、糖果、飲料等，而且這些品牌都是我在便利商店看過的。

「歡迎光臨～」一個聲音自最後面傳來，我嚇了一大跳，往裡面望去，櫃檯那有個女孩。

「那個……」但是當我走近，我更是驚訝，因為那個女孩不是別人，正是我。

「歡迎來到初戀販賣所，在這裡可以買到任何妳想要的戀情。」

「那個，妳是……」我看著眼前陌生的自己。

「喔，不用在意我的外表，你們眼中的我都是你們自己的模樣，所以不需要介意。」女孩說著，然後拿出了一本老舊冊子，「反正我賣的東西貨真價實，童叟無欺，只要妳想好了就好。」

有一件事情，我一直很介意，但是那天來不及問，而在傳說中也從來沒有人提過。

「要多少錢？」我有些緊張地問。「我沒什麼錢。」

女孩微笑，「我們不收錢的。」

「那是收什麼呢？」

「到時候妳就知道了。放心，妳不會有任何損失的。」

雖然還是有點不安心，但是我還是想跟她買下我想要的戀情。

「那我要怎麼買？」

「妳在這本冊子寫上妳和他的名字，以及妳想要的戀情，二十個字以內喔。」

「太多字無法實現嗎？」

「是太多字我懶得看。」女孩輕笑。

原來那本老舊的簿子是名冊，我翻了開來，裡頭有密密麻麻、不同字跡的名字，猛然一看好像都看得懂，但仔細看，卻認不得那些字。

「別仔細看其他的資訊，妳會頭暈的喔。」女孩提醒，那些字變得像是螞蟻一樣分散、扭曲，我趕緊眨眨眼睛，拿起一旁的筆，寫下了我和老師的名字。

忽然那字體像是燙金般地發光，但很快又恢復成原本的藍色墨水，整本名冊上我只看得懂自己寫下的文字。

「這樣就可以了嗎？」

「嗯，這樣就可以了。」

女孩滿意地將冊子收起來，見我還沒有走，歪頭看著我，「還有什麼問題嗎？」

「……老師已經結婚了，他老婆懷孕了。」

「所以呢？」

「這樣子，我的戀情還能成真嗎？」我咬著唇，但是女孩依舊不解。

「我們這裡，可以販賣任何妳想要的戀愛。」

「但是……」

「回去等待妳期盼中的戀愛吧。」她說。

而與此同時，幾乎就在我眨眼的瞬間，原本還在眼前的雜貨店、女孩、冊子等，全部變成了我房間的天花板。

「咦！」我從床上跳了起來，就在須臾之間，我竟然回來了。

原來隔壁班班長說的話是這個意思，初戀販賣所確實存在，但是它存在於夢之中，要通往販賣所，是藉由夢。

「會怎麼實現我的戀情……？」我正喃喃時，發現居然已經七點二十分了，我嚇了一跳趕緊跳下床，快速盥洗後，穿好制服馬上跑出房間。

「爸、媽，我要遲到了，怎麼沒有叫我啦！」我邊抱怨邊急急忙忙地穿上鞋子。

「叫妳很多次了，而且學校這麼近，跑一下就到了啊。」媽媽也沒好氣地回應著。

「吼唷，你們很討厭！」我急匆匆的就跑出家門，還不小心踢翻了旁邊的男生皮鞋。

「喂！妳踢到我的鞋子了啦！」

我沒有理會後面的聲音，急急忙忙地離開家門。

好在家裡和學校真的距離不遠，勉強趕上校門關閉的時間，喘著氣來到教室後，一想到等等又要見到戴著戒指的老師，就覺得一陣反胃與心酸。

「噁。」忽然，我是真的感到噁心，就這樣蹲在教室門口。

「班長，妳怎麼了？」老師的聲音從後面傳來，我虛弱地從臂彎間抬頭看著他，那擔憂的模樣、只注視我的雙眼，啊，如果可以，真希望可以一直下去。

等我再次張開眼睛，居然躺在保健室的床上。

「咦？」我從床上起來準備下床，可是肩膀卻被一隻大手往下壓。

「再休息一下，早自習還沒結束。」

「老師？」我驚訝無比，老師居然陪在我的身邊，「怎麼回事，我是暈倒了嗎？」

「妳有吃早餐嗎？」老師瞇眼。

「呃，沒有。因為早上上學快遲到了。」

「唉，怎麼可以不吃早餐呢？」老師說完，居然從床頭櫃那裡拿了顆御飯糰給我。

「把這個吃掉吧。」

「咦？」我握著御飯糰，還溫溫的，「這是……」

「我剛剛去對面便利商店買的。就算遲到又怎麼樣？再怎樣也得好好吃早餐啊。」

「哪有老師說遲到又怎樣的……」我看著老師，有些驚訝地發現他的手上沒有戒指。

這是怎麼回事？

「這個？」

老師見到我盯著他的手指，正反晃了兩圈後，忽然頭靠向我，低語道：

「我怕妳難過。」

「咦？」我愣住，以為自己聽錯。

「妳不是因為太難過，所以才不吃早餐暈倒了嗎？」老師挑眉，那模樣看起來非常陌生。

「班長，妳這樣讓我好擔心，妳需要回家休息嗎？」他的話聽起來很正常，但是他的聲音卻帶著玩笑般的揶揄。

「老師，你……」話到嘴邊我就停住了，因為我想起了我向販賣所買的戀情。

我想要老師也喜歡我，我要讓我的初戀……得償所願。

老師對我的態度，跟昨天以前完全不同。

這是表示，我的願望實現了嗎？

「同學，妳沒事了嗎？」保健室護理師在布簾外詢問，我嚇了一跳，而老師也看向布簾上的影子。

「沒事了，我已經買了早餐給她。」老師站起來，拍了拍褲子，從口袋拿出了戒指後戴上他的無名指，「班長，等等吃完再回教室，慢慢來。」

「謝、謝謝老師……」我握著手掌中的御飯糰，覺得好熱。

老師拉開布簾前還對我眨眼，雖然感覺有點奇怪，但是我的心飄飄然，老師所展現的模樣，全是我沒有見過的。

這樣面貌的他，或許原本只會出現在女友面前，但是現在卻出現在我眼前了。

我的心雀躍不已，滿漲的情緒就要淹到胸口，幾乎要吃不下那顆御飯糰。

「我跟妳們說，初戀販賣所，是真的存在。」一下課，我忍不住把這個消息和張明明她們分享。

「奇怪，班長妳怎麼確定是真的？」林采彤歪頭。

「等一下，難道班長妳找到了？」張明明意會過來，但這瞬間我才想到，自己從來沒有跟她們說過我喜歡老師。

「班長妳有喜歡的人？」果然林采彤發現端倪。

「咳，我是說，我只是夢見了而已。」

「夢見了怎麼算真的存在啦！」張明明哼了聲。

「隔壁班班長不就說她是在夢裡看見嗎？所以我也沒說錯啊～」雖然她說得完全沒錯，但抱歉啦，隔壁班的班長，讓我扭曲一下事實吧。

「嚇到，以為妳進去了，但不知道是妳找到了比較令我震驚，還是妳有喜歡的人比較令我訝異。」林采彤拍著胸口。

「我有喜歡的人會讓妳們這麼驚訝嗎？」

「對呀，班長感覺就是一絲不苟的乖學生，很難想像妳會喜歡怎麼樣的人。」

「我懂，班長很成熟，我們班都沒有配得上她的男生。感覺應該要喜歡比我們年紀大的呢！」

張明明和林采彤不約而同猜對了我的喜好，我要告訴她們實話嗎？

「那個，兩位朋友……」

「好啦，上課了，快回座位。」老師正好進來教室，大家馬上回到座位上。

「等下課再聊～」張明明對我眨眼，不知道下課了我還有沒有勇氣說出口就是了。

「今天要發的是上次考的卷子。」老師說的話引來大家的哀號，說著不該臨時抽考，但是老師卻咳了兩聲，「你們本來就要隨時準備好啊，像班長就考了一百分，大家要多跟她學學啊。」

「人家是班長啊！」同學們抱怨，但是老師卻要我起立接受大家的掌聲。

我根本忘記那是什麼時候的考試，也沒有印象自己在最近的考試有可以拿到一百分的自信。

不過我想，這一切都是初戀販賣所的威力吧，這是為了讓老師更加喜歡我，所以才會讓我考試一百分吧。

下課了以後，老師讓我跟他回辦公室拿大家的作業本，我從來沒有幫老師拿過作業本，這通常都是該科小老師該做的事情。

但是這個時候，我喜孜孜地跟了上去。

「成績很好，繼續保持下去喔。」

「謝謝老師。」

一路上老師都對我說一些功課、考試之類的事情，但就在快到辦公室的時候，老師忽然左拐彎上了樓梯，我愣住，但卻發現老師站在樓梯間對我歪頭，我才明白他是要我過去。

我的心跳加快，沒有猶豫就跟了上去，老師微笑了起來，走上了樓梯，然後在轉角的地方停了下來，朝我伸出手。

一時間，我沒有會意過來他的舉動，但是老師笑了下，然後主動過來牽住我的手。

「！」我嚇得發不出聲音，老師怎麼會牽我的手？

「噓，跟我來。」老師轉了下掌心，與我十指緊扣，然後低聲對我說，並拉著我往樓梯上走去。

「老師，會被人看到。」我終於找回聲音主控權，緊張地東張西望。

「放心，不會的。」老師對我溫柔一笑，另一隻手揉了我的頭頂。

我都還能聽見學生們傳來的嬉鬧笑聲，也能聽見廣播聲音，還能聽見有人走在樓梯間的腳步聲。

一切都這麼近，近得隨時都可能被看見。

但正是因為這樣的緊張感，讓我對於眼前的現狀感到一絲期待與興奮。這種快要被發現，卻又還沒被發現的刺激，對我來說實在太強烈了。

我們來到上一層樓，是正在整修的專任教室，平常學生們可以上來，但是整修期間只有老師們有鑰匙。

我見老師從口袋拿出了鑰匙，打開鎖頭，然後牽著我的手進到了教室裡頭。

裡頭雖然還沒整理完畢，但是也已經裝潢得差不多了。

老師鬆開了我的手，而我則扭著衣角，「老師……」

「呼，我們終於有時間可以獨處了。」老師轉過來，對我露出了大男孩的笑容，然後朝我張開雙臂。

這把我搞糊塗了，這又是什麼意思，是我想的那個意思嗎？

我的確希望老師喜歡我，所以老師這樣子我很開心。

但，我們的關係到什麼程度？

怎麼目前看起來，我們好像已經在交往了？

「怎麼了？班長？」老師皺了眉頭還嘟嘴，好像與我擁抱是一件很自然的事情。

「老師，我昨天作了惡夢，我夢見我們只是普通的學生和老師……但我們現在，其實並不普通，對吧？」像是確認，也像是打聽，我想知道現在我和老師到底是什麼關係。

「我們對外當然是普通的師生，但是……」老師拉過我的手腕，將我埋入他的懷中，「但是私下我們就是一對普通的情侶。」

我是第一次被老師抱著，應該說是第一次被男生抱著，我的心跳好快、好緊張，感覺全身都在發抖，而且手心也流了手汗。

原來我和老師已經是情侶了嗎？

我激動地流下眼淚，我的感情得到了回報，老師也喜歡我！

一直以來，我的暗戀都只能躲在黑暗之中，被漆黑籠罩。如今，老師的愛意就像是光一樣灑入我的世界裡，讓我的心意得到他的光芒照耀。

所以我也抱緊老師，感覺他的溫度、感受他的氣息。

「老師，我們是誰先告白的呢？」我太好奇了。

這一段不存在我記憶，但已經發生的過去，到底是什麼狀況呢？

「喔？妳忘了嗎？對我來說這麼特別的事情，妳居然忘記了啊？好傷老師的心呀。」

老師對我皺眉，還輕輕把頭靠在我的肩膀上。

天啊天啊，好可愛，老師這種可愛的模樣只有我一個人看見，他只在我面前展現。

原來這就是成為老師女朋友的感覺，我覺得自己的心好滿，好幸福。

「我只是想看看老師記不記得呀。」我這麼說著，「老師，我作了一個夢，夢見你不喜歡我，然後我還去祈求，希望老師能夠喜歡我呢……」

老師聽了以後，心疼地握住了我的手，「放心，我很喜歡妳。妳夢見的那種事情不會發生。」

「真的？」

「真的。」老師又微笑了下，「是我先告白的。」

我瞪大眼睛，「真的？」

「對，畢竟我是大人、又是男人，這種事情本來就該我先主動。」老師說著，食指在我的掌心畫圓，讓我癢得縮了一下。

「那老師，我也想告白一下。」雖然老師對我告白的事情我不記得，但我可以對老師告白這些日子來的單戀。

在那次獨立招生的考試過後，我時常想起當初的監考老師，然後扼腕自己怎麼沒有注意監考老師的名字。

我當時只是想著，那位老師非常年輕，說不定是實習老師。不過等到我收到了錄取通知，進入了學校後，看見他居然就是我的班導師，叫做朱志勳。

我當下就覺得，糟糕了，我的心跳得好快，老師好帥，我好像喜歡他。

不過，他畢竟是老師，所以我決定將這份心意埋在心裡，當作是對年長男人的憧憬，隨著時間與成長慢慢淡忘。

但是每天都能見到面的人，怎麼可能忘記呢？而且老師若是那種不講理、嚴厲、不討喜的老師就好了。但他卻幽默風趣，教學靈活，一視同仁。

是那種你會感謝遇到的好老師，而且年輕又帥氣，還能和同學們打成一片，對我們保有尊重，把我們當作是一個獨立個體的大人來溝通，這讓一些頑皮的學生看見朱志勳也會禮遇三分。

一個這麼好的人，怎麼可能不會喜歡上他呢？

我以為，很多人都會喜歡上老師。但後來發現，只有我這麼傻。

比起老師，她們更喜歡校草、更喜歡同年齡的受歡迎男生、更喜歡班上的開心果。

她們都很明白，朱志勳就只是老師，不是戀愛對象。

我的成績名列前茅，但是在感情這一塊，卻是吊車尾。

可是，我也覺得，老師對我比一般的學生還要特別。

因為是班長的關係，所以時常和老師有密切接觸。我記得有一次下課的時候，老師也是要我跟著回辦公室拿班上的講義。

我走在老師身邊太緊張了，我過於意識老師的存在，他的步伐、他的聲音，還有他身上傳來的味道。

結果，我的腳不知道踢到什麼，居然往前飛撲。真的是飛撲那種，一點都不誇張。結果，老師就像是英雄一樣，一隻大手在須臾之間攬住了我的腰，讓我不至於摔得狗吃屎。

這就像是電視劇的發展，那瞬間我們靠得好近，時光彷彿凍結了一般，我從老師的眼中看見自己也在他的眼裡。

「小心一點啊。」老師對我這麼說，然後紳士地確定我沒有受傷，也站穩了以後，才移開他的手。

我的心跳好快好快，快到我覺得自己好像快要死掉一樣。

我覺得，自己說不定沒辦法喜歡老師以外的人了。

後來，我每天都期待上老師的課，那是我可以正大光明地盯著他看又不會被人覺得奇怪的珍貴時光。

當我坐在位子上聆聽著台上老師的聲音，當風吹進教室將他的頭髮些微吹亂，當老師偶爾與我眼神接觸的瞬間，我都覺得這個教室只剩下我們兩個，好似透過心在交流一般。

我喜歡老師，每過一天，都變得更加喜歡。

所以當老師也喜歡我的時候，我真的好高興。

「老師，謝謝你喜歡我。」我誠摯地看著老師，原來感情得到回報會是一件這麼開心的事情，有點令人害羞，但更多的是心意相通的喜悅

「也謝謝妳喜歡我。」老師再次微笑，又伸手揉了我的頭頂。

「那老師，你是怎麼喜歡上我的呢？」我害羞地問。

「因為妳老是用很熱切的眼神看著我，我一看就知道了。」老師笑出聲音，「毫不掩飾妳的愛意，我才想起原來學生時代的自己也曾這麼天真單純，只要喜歡一個人，就會用盡全身力氣讓她知道，一點都沒有辦法隱藏。」

「老師是因為發現我喜歡你……所以才喜歡我嗎？」

「可以說是，也可以說不是。」

老師的回答讓我瞬間有一點冷卻，同時也覺得有點難過，但我在不滿足什麼呢？老師能夠喜歡我就已經很好了，我還要奢求他是被我迷倒嗎？

見我有些悶悶不樂，老師溫柔地搭上我的肩，將我輕輕地摟進他的懷中。

「小傻瓜，有什麼好難過的呢？」他的下巴抵在我的頭頂，他說話時，我

的頭頂會隨著他下巴震動而麻麻地，「就算我是因為注意到妳喜歡我而喜歡上妳又怎麼樣呢？我不都喜歡上妳了嗎？這跟誰先誰後沒有關係，重點是我們互相喜歡。」

真是神奇，原本悶悶的感覺，就隨著老師這句話散去無蹤，我也跟著微笑，然後抱住老師。

這時候上課鐘聲響起，再怎麼不捨，也得恢復師生關係。

「妳快點回教室上課吧。」

「嗯……」我們的小指頭勾著，下次這樣有時間獨處，不知道是什麼時候。

「老師，我們週末可以一起出去走走嗎？」於是我開口，只要去遠一點的地方，就不用擔心被認出來。

這樣子，我們也能正大光明地牽手、互相依偎。

不過老師卻皺了眉頭，「這禮拜好像不行呢。」

他拿出手機，似乎在查找什麼。

「我要陪我老婆去產檢。」

頓時我愣住，笑容僵在了嘴邊。

「好了，快點回去上課吧。」老師捏了一下我的臉頰，「下次再找時間出去走走。」

我不記得自己是怎麼走回教室的，就連該堂課的老師在講些什麼，我也都沒有記憶。

我不該只期望老師喜歡我，我要期望的是，老師不只喜歡我，而他也沒有老婆才對。

老師在保健室戴上戒指的時候我就該注意到了啊，老師有老婆有小孩的事實依舊沒有改變，我怎麼會傻得以為自己的愛情終於得償所願？

原來，我的暗戀即便從黑暗之中展露光芒，依舊也只是從一個黑暗走進另一個黑暗。

我以為老師的愛意，是我的光芒，然而照進我漆黑戀情之中的，並不是全部。

只是餘光。

從別人那裡分出的，一點點光。

「班長，妳那天話說一半呢。」張明明搖晃我的肩膀，我打了一個哈欠。

「幹嘛把我叫醒？」

「班長，妳最近很愛睡耶，看妳每節下課都在睡覺。」林采彤坐到旁邊的椅子。

「該不會是現在就開始熬夜念書吧？考試還有一段時間呢。」張明明怪叫。

「沒有，我只是有事情。」

「有事情就睡覺？什麼意思？」林采彤說，但我只是搖頭。

我想再進去一次初戀販賣所，修改我要購買的戀情。

我要讓老師的老婆與小孩消失，不對，不是消失，是從來沒有出現過。

只要老師不要跟前女友復合，這樣子就不會有那個小孩了，那我和老師就是名正言順的戀人了。

所以，我這樣並不壞，我不是剝奪了小孩的生存權，因為他的爸媽根本沒有相遇啊。

「那事情解決了嗎？」張明明問。

無奈地，我再次搖頭。

無論我怎麼呼喚、無論我怎麼想像，我都沒有再進去初戀販賣所。

不知道是哪裡出錯了，難道只能許願一次嗎？

還是說，我已經實現了願望，就該知足滿足呢？

「所以是什麼事情呢？」林采彤也加入。

「嗯……這是我朋友的事情，不是我。就是她和一個男生交往，可是那個男生有女朋友了。」

「天啊，好爛。」

「噁心！」

「我還沒講完啦。」我要她們小聲一點，別急著發表自己的感言，「但是她和那個男生都很喜歡彼此，所以她很煩惱。」

「有什麼好煩惱的啦，他都有女朋友了。」

「對啊，不然就是跟女朋友分手，好好和妳朋友在一起啊。」

這種一翻兩瞪眼的答案，我又何嘗不知道呢？

但就是因為沒辦法這樣，所以才煩惱不是嗎？

「因為那個朋友的男朋友是大學生……而且他女朋友懷孕了，他們會結婚……」不是會，是已經結婚了。

我省略了結婚了這個事實，但光是上面的敘述，就夠這兩個女生瞪大眼睛，幾乎尖叫。

「瘋了瘋了，我不知道要從哪裡開始吐槽耶。」張明明吶喊。

「我來，第一，她男友是戀童癖吧？哪有大學生跟國中生交往的啦！第二，大學就跟女友懷孕？我的天啊，不行不行。第三，愛女友就不該跟妳朋友交往、愛妳朋友就不該和女友結婚，但是懷孕了……不對，沒有愛，就不該因為懷孕所以生下小孩！」林采彤一口氣分析完，張明明在一旁拍手。

「可是有時候不是因為事實逼得無法決定嗎？」

「奇怪了，事實就是我不會念書，但還不是逼我要用考試分發高中！」張明明用個歪理卻好理解的方式舉例。

「我覺得癥結點只有一個啦，有女友就不該和妳朋友攪和。不想結婚就不該讓人家懷孕。」林采彤深吸一口氣，「除非妳朋友就是接受了，那就只當別論囉。」

「接受？」

「我懂，就是接受對方有女友或老婆以及要出生的小孩，接受了就是接受了，那就不要抱怨了，好好交往，直到……」

「直到……？」我和張明明都屏住呼吸。

「直到她受不了為止。」林采彤抬起下巴給了這結論。

「難道沒有直到他和女友分手嗎？」

「哈哈哈，當女友的時候都分手不了了，妳覺得變成老婆還會分手嗎？」林采彤大笑。

「等等，妳朋友該不會就是妳自己吧？因為我們不是都覺得妳會喜歡年紀比妳還大的嗎？」張明明的話讓我的心臟揪了下。

「哈，怎麼可能，我有那麼笨嗎？」我聳肩，故作鎮定。

「是啊，班長這麼聰明，才不會這樣呢。」林采彤也搭腔。
事實證明，課業的聰明，並不表示感情上也會聰明。
我明明知道老師和學生的身分就不該是戀愛關係，但我卻喜歡上老師。
我明明知道老師已經和女朋友準備要結婚了，但我還是跟初戀販賣所買下老師對我的愛慕。
我明明知道初戀販賣所實現我的願望了，但是並沒有讓老師有老婆和小孩的事實抹去，但我還是妄想再次請初戀販賣所讓妻小消失。
我想著林采彤的那句話，好好和他交往，直到——我受不了為止。

「這是你們升上國三前最後一次園遊會了，希望你們好好享受，沒有壓力地最後玩樂。」老師在台上語重心長，但是班上的人卻歡呼。
「吼，朱志勳你太悲觀了！我們明年還是可以玩呀！」

「對呀，念書和玩樂是分開的呀～」

大家此起彼落，而老師再次大大嘆氣，「瞧，我居然比你們還要緊張你們自己的成績。」

「不要緊張，志勳哥哥，你應該是要緊張老婆什麼時候生吧？」張明明打趣地問，而我原本正在寫著筆記的手硬生生地停了下來。

我從來沒有問老師孩子的預產期，因為我不想面對。彷彿不面對那些，我就能當作他們不存在。

因為我和老師每天都會在學校見面啊，放學本來也就不太會聯絡啊，所以一切都一如既往，我才能忽略。

「這個啊……」我抬頭盯著老師，而他也不著痕跡地與我對眼，然後微笑說，「這是秘密喔。」

「齁，我們之間還有秘密喔！」

「我們也想幫老師慶祝啊。」

大家又鼓譟了起來，而我的雙拳握緊，既鬆了一口氣，但又覺得失落。

「老師為什麼不告訴大家預產期的時間？」

下課，我們又找到時間，偷偷在一間空教室見面。

老師一隻手握著我的，另一隻手則攬在我的肩膀上。而我將上身都靠在老師的懷中，覺得眼眶的眼淚就要掉下。

「因為告訴妳好像有點殘忍。」老師一邊說，一邊親吻了我的額頭。

「喔……」我沒有再問，也不想多問。

「對了，之前不是說週末要去走走嗎？我們這個禮拜六出去吧？」

我驚訝地看著老師，「真的？」

「嗯，我們去看電影，然後再去海邊？」

「真的嗎？」

「當然是真的，為什麼要確認這麼多次呢？」

我笑了起來，開心地鑽到他懷中，伸手抱緊著他。

「我太開心了！」

老師也抱緊我，又親吻了我的額頭一次。

很快的週末便到來，我騙了媽媽要去圖書館念書，還被質疑為什麼要穿這麼漂亮，不過媽媽並沒有追問。

於是我搭乘了捷運，來到一個我從不會到的站別，然後在最沒有人的出口等待老師。

他開著一台白色的轎車過來，招手要我上車。除了家裡的親戚外，我沒有搭過其他男生的車子，對我這個年紀來說，有車子是一件非常「大人」的事情，而這件事情讓我有種跨越了階級與年紀的興奮。

於是我搭上了老師的車，副駕駛座的位置有著不同的意義。

「我們出發吧。」老師坐在我旁邊，對我展露一個微笑，「我幫妳買了飲料。」

「哇，謝謝老師。」我說著，看著放在飲料置物架的便利商店飲料，拿起來後卻久久沒有扭開。

「妳不喝嗎？」老師打了方向燈，在前方路口左轉。

「喔！我喝呀。」我扭開了瓶蓋，輕啜了一口。

老師又笑了一下，車子駛上了國道。

「我們要去哪裡呢？」

「到新竹。」

「新竹？我們不是要去看電影嗎？」我驚訝。

「對呀，到新竹的電影院，我已經訂好票了。之後再去海邊，那裡有很美的賞蟹步道喔。」

「我以為我們是在台北看電影呢。」

老師皺了眉頭，「班長，我們要是去那麼近的地方，被人發現了怎麼辦？」

「……」

「我知道委屈妳了，但是撇除那些，我是老師，妳也是學生啊，怎樣都不能被看見不是嗎？」

「……」

見我悶悶不樂，老師一隻大手伸過來，握住我的手。

「不要生氣好嗎？妳最乖了。」

「……嗯。」

「我最喜歡妳了，今天難得出來玩，就不要生氣了好嗎？」老師將我的手掌翻面朝上，與我十指緊扣。

聽到老師這句喜歡，我內心融化得什麼都不在意了。

即便，我真的不想要這樣躲在黑暗只能偶爾沾沾餘光。

即便，他買給我的飲料我一點也不喜歡。

老師挑的電影，我也不喜歡。

我才想起來，他沒有問過我想看什麼電影，他選了一部文學電影。或許他以為這部我會喜歡，因為我國文成績很好，而且老師也是教國文的。

但是，我更想看殭屍末日片，或是日本卡通也行。

我國文成績好，不代表我就喜歡文學或是文藝的電影。

雖然老師若問我看這一部好不好，我也會答應，但是那種感覺就是不一樣。

我是不是太不知足了？光是老師也喜歡我就該感恩了，我不要再要求這麼多了才是。

「電影很好看對吧？」我們走在商場中，準備去吃飯。

「嗯，很好看。」不知道為什麼，我對老師就是說不出口自己真實的想法，我想展現最完美的自己，應該說，我不想要「不聽話」。

唯有聽話，老師才會覺得我可愛。

我總是有這樣的念頭跑出來，事實上老師到底會不會這麼想，我也不知道，因為我根本不會去問老師，這只是我主觀的認定罷了。

美食街裡頭人雖多，但好在位子不難找，我們找了個角落的位子，放好東西後一起去點餐。

剛剛走過來的途中，我看見一家韓式料理很有興趣，不過老師卻走到了義大利麵的店舖前。

「妳要吃這個嗎？女生好像都喜歡義大利麵？」

「喔，好啊。」雖然義大利麵我也不討厭，但是我今天想吃韓式料理。

可是為什麼我說不出口？

「老闆，一個番茄肉醬麵。加套餐，酥皮玉米濃湯和可樂。」老師幫我點好餐點後，為我付錢。

「你不吃這個嗎？」我疑惑。

「我要去點別的吃，妳在這裡等餐點吧，我等等再回來找妳。」老師說完就離開了，而我則站在這裡等著。

其實番茄肉醬麵我也喜歡，只是讓我選的話，我會選白酒蛤蠣，還有我也不要加酥皮，飲料要紅茶……

等老師端著食物回來的時候，我的義大利麵也好了，我們一起走回位子上，一起聊著剛才的電影。

神奇的是，只要和老師一聊天，那種煩悶的心情就全部消失了。

不過當電影聊完後，忽然間沒有了話題。

「老師，你知道張明明之前……」

「不要在外面叫我老師，這樣被人聽到很奇怪。」老師邊說，邊左右看了看。

「喔……」

「也不要聊班上同學的事情，我們可以聊聊別的。」

但是我不知道能聊什麼啊！

「喔……那……」我絞盡腦汁，最後問了老師，「你回家後都在做什麼呢？」

老師笑了出來，「那妳呢？」

「我……」

「等一下。」老師的手機響了起來，他對我伸出食指，然後離開了位子。

這個瞬間，我好像從夢中醒來一樣，那電話還能是誰打來的呢？

「欸欸，你看那邊的位置，你猜他們是什麼關係？」

「哪一桌？」

「就那一桌啊，男生年紀比較大，女生看起來才國中生。」

我心一驚，聽見後面座位的人竊竊私語，他們可能覺得自己很小聲，但其實我聽得很清楚。

我趕緊低下頭，假裝什麼都沒聽到繼續吃麵。

「親戚吧？哥哥妹妹、表哥表妹之類。」

「不是吧，看起來很像是男女朋友欸。」

「哪有可能，年紀差這麼多。」

「至少我確定女生很喜歡對方喔，超詭異，怎麼會一起出來，是不是見網友？」

「你管人家那麼多做什麼。」

我有些顫抖，在外人眼中，我和老師走在一起真的這麼奇怪嗎？

「我們現在就要回去了。」忽然老師急迫地走回來，連東西都沒有吃完就拉著我要走。

「怎、怎麼了？」我慌張地問。

「我老婆肚子痛，現在去急診，我們必須快點回去。」老師說完後馬上就往前走。

「等一下，老師，我的包包沒有拿！」我喊，老師鬆開了手，而我意識到自己喊了老師兩個字。

「我先走了，妳等等跟上。」老師低聲地說，然後馬上往出口方向走。

我被丟在了原地，身體像是僵住了一般，慢慢地回頭，拿起椅子上的包包。

「哇……你聽到了嗎？她喊他老師欸。」

「師生戀？老婆？我們需要報警嗎？」

「別管閒事啦～」

「是你先管的……」

旁邊人的閒言閒語全部飄進了我的耳中，這一刻我無地自容，淚水在眼裡打轉，我好希望老師是屬於我一個人的。

我覺得自己內心的疼痛，好像比單戀時還要更痛了。

如果老師是我一個人的，那我是不是就不會這麼痛了？

老師的孩子出生了，比預產期早了兩個禮拜。
為此，老師也請了兩個禮拜的產假加特休。
「班長，妳聽說了嗎？」張明明興奮地跑來我這。
「嗯？」我看著窗外，思緒很亂。
「聽說隔壁班的班長又去初戀販賣所了。」
我驚訝地看向張明明，「她不是已經去過了嗎？」
「聽說校草的青梅竹馬從國外回來了，校草好像以前就跟青梅竹馬有過什麼約定，總之現在兩人快分手，所以隔壁班班長就又求助販賣所」。」林采彤坐到我的旁邊。
「妳怎麼知道得這麼詳細？」
「因為我親自問了啊。」林采彤說到前幾天在飲料店遇見狀況很差的隔壁班班長，所以多聊了兩句，才知道這件事情。

「那、那初戀販賣所跟她說什麼了？」

「她不說。」

「她不說？」我重複，「我自己去問她。」

「等一下啦，班長，快上課了耶！」她們在後面喊，但是我只想快點找到她。

為什麼她可以進去第二次，我卻不行呢？

我來到隔壁班，沒花多久時間就看見她愁眉苦臉地坐在位子上，我立刻對她招手要她出來。

「怎麼了嗎？有要集合嗎？」

「不是，我要問妳初戀販賣所的事情。」

她些微睜大眼睛，「我不想說。」

「為什麼？我很需要妳的幫忙！」

她狐疑看著我，「難道妳也……」

「我也去了初戀販賣所……雖然實現了我的願望，但是，結果跟我想要的不一樣……」

我們兩個班長同時蹺課的事情，不知道會不會引起什麼風波，但現階段的我們卻管不了這種事情，只想快點交換情報。

「妳的販賣所長什麼樣子？」她率先問我的是這個問題。

「很像舊型的雜貨店，裡面賣的東西現實中的雜貨店也都有賣。妳的呢？」

「便利商店的模樣。」她說上頭標誌還寫個「戀」。

「妳也是看到自己站在櫃檯裡面嗎？」

「對，明明是我自己，但那氣質完全不是我。」她把自己的經歷都說了一遍，和我都一樣，寫上名字，想像想要的戀情，然後就醒過來。

醒來後，願望就直接實現了。

「很神奇的是，對我來說，是一醒來校草就跟我交往了，可是對周遭的人來說，我們好像交往了一段時間。」

啊，我也是這樣。

「交往的過程當然很甜蜜，我也覺得很開心……但是……但是他的青梅竹馬回來了……」

她說，青梅竹馬回來後，發現他居然有了女朋友，雖然難過，但也是帶著祝福。可是校草卻好像忽然夢醒了一樣，要和她分手。她求了好久，在前幾天下大雨的夜晚，還跑去校草家等，校草雖然心疼，但卻下跪道歉，堅持要分手。

「我知道他和青梅竹馬並沒有交往，他想和我斷乾淨再和她開始……我都看見他在雨中跟我下跪了，怎麼有辦法再求什麼呢……回家後還因此發了高燒。」她說到這裡，流下了眼淚，伸手擦去後繼續說道：「就在發燒的半夢半醒間，我痛苦得邊哭邊祈求，想像著那間便利商店，然後……我就又進去了。

「一樣的我站在櫃檯前，我跟她理論，為什麼校草會變心呢？她說，世界上本來就沒有不變的事物，況且是人心。而且我已經藉由買賣造就了一段緣分，否則本來和校草根本不可能在一起。」

「所以妳再進去，沒有再求任何東西嗎？」

「她說，我身上在現階段已經沒有可以拿來購買戀情的籌碼了，所以她沒辦法做我的生意，之所以會讓我再進去，就是要告訴我這件事情。」說到這她冷笑了一聲，「她說這算是她們的售後服務。」

我咬著唇，「妳、妳是賣了什麼東西，才求得和校草在一起？」

她看著我，而我嚥了口水。

「果然大家都不記得了。」

「什麼？」

「我以前是長髮，長到屁股，而且烏黑亮麗，髮質還很好，我的外號是長髮公主。」

我愣住，看著她現在像男生般的短髮，「妳的意思是，妳賣給初戀販賣所的是妳的頭髮？」

「對。」

「是她要求的，還是妳提出的？」

「她提出的。我很不捨，頭髮對我來說非常重要，但最後在掙扎之下，我還是選擇了校草。然後就在我答應的瞬間，我的頭髮就馬上變短了，我醒來後，周邊的人都沒發現不對勁，好像一直以來我就是短髮，我還翻過照片，連照片裡面我也都是短髮……」她看著驚訝的我，好奇問道：「妳呢？她要求妳什麼東西？」

「沒有。」

「沒有？」

「對，沒有，她說我不會有損失，說我到時候就會知道了。」

「那妳現在知道了嗎？」

「不、不知道。」我的心揪得好緊，隱隱約約，我好像知道，但具體來說，我並不知道。

「那妳的願望實現了嗎？」

「實現了，是實現了，但是……」

「但是不如妳意。」她沉著臉，我也點點頭。

「我也想回去初戀販賣所，但是我就是回不去。」

「妳什麼時候試的？」

「前一陣子了。」

「妳還記得初戀販賣所的限制嗎？」我不懂她說什麼，她的手放在自己心口，「要很痛很痛的時候，才有辦法進去。」

我頓時豁然開朗，「謝謝妳，我今天再試試看。」

「我可以問妳的戀愛對象嗎？」

「呃……對不起……」

「這樣啊……沒關係，希望妳會有好結果。」她微笑祝福。

「我也希望妳……能有好結果。」

「我唯一的好結果，或許就是放棄了。」她看得挺開，「因為我在大雨中求他，他都無動於衷了，甚至反過來跟我下跪求我離開他，我想人都要懂得放手吧。」

「妳好勇敢，妳一定會找到其他更好的。」

她聳聳肩，表示不會奢求。

結束了這場談話後，我們兩個準備回教室，途中還說去導師辦公室拿一些東西，假裝是被叫去跑腿比較好。

當我們快走到辦公室時，遠遠就聽見裡頭十分熱鬧，我倆狐疑對望，然後走進辦公室。

瞬間，我瞪大眼睛。

抱著嬰兒的老師就在裡頭，旁邊還站著一個長髮的女人，帶著親切又美麗的笑容，散發著恬靜的氣質，手上那只和老師的對戒閃耀又刺眼。

「！」老師看見了我，他的表情明顯一僵，但是很快又恢復了老師該有的模樣，「班長，這個時間怎麼會過來呢？」

「老師好，嗯，師母好。」我不認得這聲音是我自己的，就連帶著微笑的我，我也不認得，「我只是過來拿一些作業簿。」

「妳就是志勳常提到的班長呀，看起來就是聰明伶俐的模樣，希望我們家女兒以後也跟妳一樣呢。」師母說著，這些話聽起來格外諷刺。

「我也希望以後長大跟師母一樣漂亮。」我笑著，拿起代理導師桌上的作業簿，也沒確認到底這些是改完了沒有，只想快點離開這裡。

「班長，老師會提早收假，再請跟同學們說一聲喔。」在我離開辦公室前，老師對我這麼說。

「好的，謝謝老師。」我微笑，並沒有回頭，像是戰敗的狗一樣逃離了那裡。

「等等我！」隔壁班的班長追了上來，她的手裡也拿著一疊作業簿，「妳怎麼了？」

我喘著氣，覺得胸口好痛，好難呼吸。

我到底在做什麼，老師根本不會把我放在眼裡，我對他來講，連女朋友都不是。

「我告訴妳我的願望。」我轉過頭看著她。

「不要勉強，妳的臉都……哭了，妳還好嗎？」她想從口袋拿出衛生紙，但是我制止她。

「我今天會再去初戀販賣所，我知道要用什麼東西和她交換了。」我擦掉自己的眼淚，「明天妳也就會不記得了，所以我要告訴妳，我祈求的對象，是朱志勳。」

「是老師?!」她驚呼，但隨即理解，「原來是這樣……妳一定很痛苦……」

「所以我應該可以進去了。」

風鈴的聲音隨風擺動，櫻花花瓣在空中飛舞，而我再次拉開那扇門，裡頭的擺設完全沒有變過，時間似乎靜止在我上次來過以後，連一絲灰塵都沒有，而一樣的我還是站在櫃檯裡。

「歡迎光臨。」再次見到我，她並不訝異。「滿意妳的商品嗎？」

「不滿意。」

她皺起眉頭，「真是奇怪，明明是依照妳的需求去實現的啊。」

「老師有老婆、有女兒！這些我上次就都說過了！」

「但我也說了，那並不影響老師喜歡妳不是嗎？妳的願望不就是老師喜歡妳就好了嗎？」

「妳怎麼能鑽漏洞，二十個字根本沒辦法把我想要的說清楚啊！」我不敢相信。

「怎麼會是漏洞，二十個字明明夠妳們說得清楚了。」她搖頭，似乎怨嘆我們都不夠珍惜，拿出了那個冊子打開後給我，「不然妳可以補足之前不滿二十字的部分，加強妳的願望，如何呢？」

「……真的？」

「嗯。」

我看了上次所寫的，「希望老師喜歡我」，這樣還剩下十三個字，或許我能夠加上「老師只屬於我一個人」或是「老師和老婆離婚選擇我」。等等，那他女兒呢？萬一老師要女兒呢？

還是我可以寫「放棄女兒並和老婆離婚選擇我」呢？

但就在我準備下筆的時候，我想起了隔壁班的班長還有校草。

即便實現了，但是是一輩子嗎？

會不會有一天，老婆和女兒又回來了，然後老師一樣會選擇她們？

會不會，我只是求了一段不屬於自己的緣分？

如果我夠好、年紀夠大、我更漂亮、更獨立之類的，老師是不是就有可能選擇我？

我抬頭看著「我」，發現在她的身後是一面鏡子，而鏡子中投射的我淚流滿面，帶著不安與傷心，與眼前櫃檯中的我是完全不同的模樣。

一樣的軀殼，不同的靈魂，我明明也能站得如此筆直，但卻躲在了黑暗之中。

「我、我不要了，我不想和老師這樣交往了。」我把筆放下，繼續哭著，「我都不要了。」

「妳確定？」

「對，對，我不要了。」

「那我現在要與妳收取第一次購買的費用。」

「咦？」我驚訝地抬頭看著她，只見她帶著微笑，從櫃子下拿出了擦子。

「妳的第一次費用，就是這場夢境。」

「夢、夢境？」

「妳與老師交往的那些故事，就是我跟妳收取的費用。」她將冊子上我所寫過的字跡全數擦去。

「等一下，我不懂，意思是……妳本來就預料到我會回來，所以一開始才不跟我收取費用？」

「是，這是我們的售後服務。」她微笑道：「妳的狀況有太多會造成後悔與痛苦的因子了，所以我判斷妳有天會來希望一切都不要發生。」

「難道都沒有想過，或許一開始我就會把條件寫得很圓滿？又或是我會撐過去？也許我和老師真的可以一輩子？」

「沒有愛情是圓滿的，而恕我失禮，妳年紀尚輕，情緒洶湧，但一輩子是很長的一件事情，以後妳會懂的。」

「不，不懂的是妳！如果今天時空背景不同，我一定是老師的首選，我一定……」說著我又掉下了眼淚，「這一切當夢收回去了以後，我會剩下什麼？只有我記得一切嗎？」

「是的，從妳來到這裡的那一天開始，到今天為止，這段時間會全部消失，變成一場夢。」忽然間「我」露出深不可測的笑容，「又或者說，原本這一切就是一場夢呢？」

「什……」

「初戀販賣所，感謝您的光臨。」她朝我鞠躬，在我眨眼的瞬間，就回到了我的床上、我的房裡。

我立刻從床上跳起來，看了一下床頭的日曆，然後心一沉。

我真的回到了第一次進入初戀販賣所的隔天了。

「作文是可以練習的，所以不要再抱怨為什麼每個禮拜都要寫作文了。」老師在講台上發下作文稿紙，班上又開始哀號。

「老師，你怎麼不請育嬰假呢？只有師母一個人帶小孩嗎？」張明明舉手，而老師在台上搖頭。

「放心，我們有保母，你們可別想逃過我的作文地獄。」

「放過我們吧！」林采彤也跟著吶喊。

而我看著作文題目，居然是「初戀」，這讓我莞爾。

於是我在上頭寫上「初戀販賣所」這幾個字。要是妳可以決定自己的初戀，妳會寫下什麼？或許我們真的都可以擁有一場如夢想中的美麗戀情，可是到頭來，初戀或許總是令人充滿遺憾，才會叫做初戀……

醒來後，我以為自己會忘不了那段痛心卻又只有我記得的戀情，但神奇的是，對我來說，那好像真的就是一場長夢一般。

明明如此清晰，記憶也如此猶新，可是就好像是在夢中經歷一切一般，所有的感覺都隔著一塊朦朧的霧氣般，一眨眼後，有些記憶就逐漸消失、忘卻。

我看著台上的老師，就連他無名指上的戒指，都沒那麼令我心痛了。

雖然有時候我還是會想著，如果我再早出生幾年、如果老師沒有和老婆相遇、如果我不是學生、如果……好多好多的如果以後，那我們是不是就能夠在一起呢？

可惜，這些永遠都不會有答案了。

或許再過幾年後，這段變成夢境、又或是原本就是夢境的初戀，會被我遺忘，因為夢的存在就是這麼縹緲……但是，我還是想稱呼這一段為我的初戀。

而關於隔壁班的班長，這是讓我最感到惋惜的一段友誼。在我們暢談後，這友誼彷彿長出嫩芽，但因為這段時光全成為了夢境，所以我們又回到了點頭之交的關係。

而她也在之後和校草分手，張明明與林采彤也說著她又進去了初戀販賣所，一切都跟之前一樣，只有我不一樣了。

至於老師……也一樣，師母在一樣的時間生下了女兒，老師在一樣的時間請了產假、一樣的時間抱著嬰兒回到學校和大家打招呼，然後現在的時間，都超過了那時的時間。

我們的時間，都往前走了。

校門口學生聚集，各個捨不得分離，有些人含淚相送，有些人瀟灑離去，有些人則流連忘返地不斷拍照。

「雖然我們高中都念不一樣的地方，但要保持聯絡喔。」張明明一邊哭一邊抱住我們。

「好啦好啦，知道了。」林采彤拍著她的背安慰道。

而我看見老師被班上同學包圍著拍照，在最後，感覺也該留下一個回憶。

於是我們三個來到老師旁邊，排隊等著與老師最後的話別，終於輪到我們三個時，我們聚在一起拍了照。

我站在老師左邊，近在咫尺的距離，讓我再次有些心跳加速，但是更多的是感傷。

「恭喜妳們啊，都考上了很好的高中，相信妳們一定可以過得很好的！」老師對我們激勵著。

「齁，老師你才是呢，和師母又有了第二胎，好幸福喔。」

「哇，終於聽到妳們願意喊我老師啦。」老師對於林采彤的調侃倒是沒有不好意思。

太好了，他很幸福。

沒有我，也可以很幸福。

「我們一直都很敬重老師的喔。」我對老師說，然後深深地鞠躬，「謝謝你三年來的教導。」

面對我如此恭敬又慎重的行禮，其他同學們先是一愣，就連老師也尷尬地說：「班長啊，幹嘛這樣呢。」

可是情緒是會感染的，張明明也跟著鞠躬，林采彤見狀亦同，就這樣子，身邊的同學們哭了起來。

「嗚嗚嗚，老師，謝謝你，還好是分到你的班級。」

「我們真的過得很快樂。」

「以後我會常回來看你的。」

「哎喔，你們幾個……典禮上都沒有哭，結果現在……嗚……」老師說完後眼眶也紅了，結果大家哭成一團，抱住了老師。

「能教到你們，才是我的榮幸呢。」

我看著眼前狀況，破涕為笑。

撇除那些情感，我的老師，真的是一個很好的老師。

「謝謝老師，再見了老師。」

謝謝老師，再見了，我這只發生在夢之中的初戀。

陽光從雲層中露臉，照耀了大地，也照耀了我。

Chapter 2

五分熟的關係

潔白的地板突兀地出現在我眼前，我聽見便利商店自動門的叮咚聲，抬頭一看，自己真的身處於便利商店之中。

琳琅滿目的商品陳列在兩側，我甚至拿下架上的零食仔細端詳，想找出有什麼不同之處。

同時，我也注意到開放式的冰箱上擺放的微波食品以及甜點，甚至有最近新發售卻很難搶到的芋頭聯名甜點。

「如果妳想要的話，可以拿下來吃。」一個少女的聲音出現在一旁，我看了過去，櫃檯站著一位穿著制服的少女。

「要付錢嗎？」

「不用，反正是在夢裡。」她微笑。

聽她這麼說，我拿下了那夢幻甜品，真是神奇，這包裝的觸感是如此真實，卻是在夢之中。

我撕開了塑膠，將滿滿餡料的芋頭推了出來，然後輕咬一口。

嗯……奇怪，也不是說不好吃，但就是很普通的芋頭，怎麼會被新聞捧得像是什麼絕世佳餚呢？

「覺得失望？」少女問。

「也不是，但就……很普通。」

她輕笑，彷彿理所當然一般，「因為這裡是夢境，全部都是根據妳的想像構成，若是妳沒吃過的食物，或許就只能根據妳對差不多食物的平均口味來呈現。」

「所以我還是得現實裡吃才行。」

「那是當然，任何事情都還是得現實做才行。」她意有所指，我也了然於胸。

我又拿下了旁邊架上的洋芋片打開來吃，嗯，就跟我記憶中的味道一樣。畢竟在現實中，我也常吃這個口味。

逛了一圈後，我滿足了，終於走到櫃檯邊。

「把妳想要祈求的戀情，寫到這上面吧，二十個字以內，別忘了寫上雙方的名字。」

我拿著筆遲遲沒有動作，因為我正看著外頭的櫻花雨。

「外面可以出去嗎？」

「可以。」

「那會通到哪裡去？」

「妳可以去走走看。」少女說。

我看了看外頭，在便利商店旁有棵碩大的櫻花樹豎立在那，滿開的櫻花不斷隨風降下花瓣，使得外面的道路上都堆滿了粉色花瓣，像是一條櫻花路般。而從玻璃門看出去的街景，很像是我家附近的便利商店外的模樣，不過有點虛幻，彷彿海市蜃樓般，隨著自動門一打開就會消失一般。

「不了。」

「那準備好寫上妳的願望了嗎？」少女問，而我抬頭，看著與自己長相無異的少女。

「嗯。」我拿起筆，寫上了自己的名字，還有校草的名字，溫一凡。

和校草穩定交往，他會對我很執著。

我想了一下，在最後又加上幾個字。

一輩子。

這些字句在我畫上最後一個句點時，像是邊邊鑲上金框一般，緩緩地發亮，然後又恢復原狀。

「那麼，我要跟妳收取費用。」少女對我說，這讓我有些詫異。

「妳要收取什麼？」

「妳那一頭長髮。」她說，這要求又讓我更訝異了。

「妳確定？」

「沒錯。」

「好，那我就用頭髮和妳買下這場戀愛。」

少女微笑，朝我伸手，但下一秒，我就躺在自己的床上了。

我馬上從床上跳起來跑到書桌前，看著桌面上的立鏡，原本烏溜溜的長髮現在已經變成短髮，但好在並不是露出後頸的短，比較像是香菇頭的模樣。我端詳著鏡中自己的新面貌，其實並不難看，只不過不會是我會選擇的髮型就是了。

「妹妹，起床了嗎？」媽媽經過我房門前喊了聲，我回應後她便要我快點出去吃早餐，我趕緊換好了制服後再到浴室刷牙洗臉，看著鏡中穿著制服的自己，和昨晚夢境中櫃檯內的自己相比，明明外表都是一樣的，但表情卻十分不同。

夢境中的自己，那體內的靈魂就像是幾百歲一般的睿智且沉穩，不過此刻鏡中反射的自己，就是個十七歲的少女罷了。

「哎唷，妳怎麼穿著制服在刷牙，這樣泡泡不就滴到襯衫上？」哥哥忽然從旁邊探出頭，我嚇一跳，順手把水潑到他身上。

「哇，妳故意的？」哥哥看著自己的衣服後大喊，「我也要潑妳！」

「救命啊，媽！」我馬上衝了出去。

「兩個人都老大不小了，還在那邊打鬧！」媽媽雙手扠腰，而我拉開椅子坐了下來，哥哥也摸摸鼻子坐下。

「是她先把我衣服弄髒的喔。」哥哥抱怨。

「是他嚇我才會這樣的！」我也不甘示弱。「而且你怎麼穿便服？」

「啊？」哥哥露出怪表情。

「好啦好啦，快點吃早餐快出門去。」爸爸催促，我們兩個互吐舌頭，就開始用餐。

然後我才想到一件事情，沒有一個人對我的頭髮有疑問。

在他們的記憶之中，長髮的我已不復存在，就連我不可能會選擇這樣髮型的個性，對他們來說好像都消失了一樣。

於是在離開家裡以前，我特意翻了一下最近的照片，長髮的我也都變成了短髮。

「初戀販賣所果然不可思議。」我喃喃著。

我們學校注重學生們的操行更勝於學業，所以即便是三年級的應考生，也鮮少在教室內自習念書，更多是會出來打球或是參與社團。

意外的是，如此不強迫學生念書，升學率反而沒差到哪兒去，所以便維持這樣的方針持續下來。

我和班上最好的朋友——宋雯雯——一起站在走廊的女兒牆邊，看著底下球場的學生們。

此刻校草正和他的同學們打球，而我和宋雯雯每天的行程之一，就是待在這裡看著他們打球，默默在遠方祝福。

「他真的好帥喔。」宋雯雯說著，我也點頭同意。

校草，顧名思義就是學校最帥的男生，他的身高一百七十五，濃眉大眼，五官立體，身材比例也很好，雖然說校草這個稱呼也是我們女生們自己取的，但他本人也知道，我甚至聽過他的朋友調侃著喊他「校草」兩字。

為什麼會喜歡他，我想只要是一般女生都會喜歡這樣一個宛如明星的男生，畢竟……真的很帥啊，帥雖然很膚淺，但是很重要。

不過如果只是帥，那要進階成喜歡還是有一點難度，因為帥度與疏離度成正比。越帥，就越有距離，像是神聖不可侵犯的領域一般。

可是，當與對方有過一些稍微親密的接觸時，就會發現原來他也是個人呀。

這聽起來好像有點好笑，但生活不就是這樣嗎？你會覺得某個人遙不可及，直到與他有了接觸後，才會發現原來他也是一般人，瞬間對方就從「不可能的領域」變成了「身邊的朋友」，這距離感可是差很多的呀。

所以，我之所以會真正的喜歡上校草，一定也是經過了這一段的洗禮，才明白校草並非遙不可及的存在。

我們兩個並不同班，校草的班級甚至遠在另一棟樓，就連上課換教室時，基本上都不會和校草真正面對面。

「同學，請幫我叫孫日奇好嗎？」

那一天，坐在窗邊的我一如往常，總是會被別班同學當作班級的總機，我有些心情不美麗，因為看到正精采的小說被打斷了，眼都沒抬，就直接喊：「日曆～有人找你。」

「哇！非常有禮貌，我要投訴。」孫日奇大喊，從最裡面的位置跳了起來，來到我旁邊，「班長，禮貌呢？」

「滾吧。」我只是擺擺手，不想理會他。

「過分呀～」孫日奇也並不是真的在意，大笑了幾聲後就走了出去。

但就在他走到走廊外，來到我旁邊的窗戶與別班的同學說話，我才注意到剛才來者是誰。

「溫一凡，怎麼會來？」孫日奇說著。

我些些睜圓眼睛，抬頭一看，校草就站在我的窗邊。

「你們班班長真有個性。」溫一凡瞥了我一眼，發現我正看著他後，又立刻移開眼神，「我早上出門，你媽說你忘記帶這個。」

「哇勒，我是故意不帶的，他居然還叫你拿來……」孫日奇有些嫌棄地看著袋子，「你看過她做的便當嗎？」

「嗯，她也給了我一個。」溫一凡有苦難言，而孫日奇大笑。

不只我，班上所有女生都瞪大眼睛，開始竊竊私語。宋雯雯甚至馬上跑來我座位邊，低聲說著：「怎麼回事？校草怎麼會來這裡？孫日奇還認識他？」

「妳小聲一點！」我叮囑，別忘了我們的位置很近啊。

多虧了宋雯雯的不小聲，所以他們兩個都注意到我們，溫一凡似乎想假裝沒聽到，不過他明顯停頓的模樣，讓我知道他都聽到了。

反倒是孫日奇，他轉過來看著我們，露出似笑非笑的表情，然後還用下巴比了一下溫一凡，「我們是青梅竹馬啦。」

這下子所有女生倒抽一口氣，包括我，孫日奇居然從來沒有說過這件事情。

「好了啦，我先走了。」溫一凡可能受到太多注目禮覺得尷尬，所以決定先離開。

「放學一起回家喔～」孫日奇故意說著，接著就提著便當大搖大擺地走回教室，瞬間所有女生都圍到他的身邊。

「你跟校草是青梅竹馬？為什麼不說！」、「有沒有他小時候的照片？」、「快幫我介紹！」

「我們班女生真是主動又熱情。」宋雯雯在我身邊嘆氣。

「妳居然沒有去湊熱鬧。」

「因為我分得很清楚，偶像就是偶像，要是變成朋友，那對我來說是墮入凡間，就一點都不特別啦！」宋雯雯說的話不無道理，所以我也沒去湊熱鬧。

而就在當天放學，我因為處理班級事務，所以當我回教室時已經空無一人，這帶點寂靜與孤寂的模樣有些美麗。

我坐在窗邊慢慢地整理自己的東西，一邊哼著歌，享受這難得的幽靜。

「不好意思，孫日奇走了嗎？」熟悉的聲音再次於窗邊出現，或許是沒料到有人還在，又或許是我太沉浸自己的世界，總之我嚇了好大一跳，甚至發出了尖叫聲。

「對不起、對不起，嚇到妳了！」溫一凡立刻道歉。

「啊，不、不會。我也剛回教室，看起來孫日奇已經走了。」我朝他的座位望去，那裡空空如也，並沒有放書包。

「他叫我等他一起走，結果卻跑了。」溫一凡握拳，看起來有些失落。

「你說早上他講的那樣嗎？聽起來就是開玩笑耶。」我忍不住吐槽，溫一凡瞪大眼睛。

「啊……說得也是，我都忘記孫日奇的個性了。」他扯嘴角笑，看起來有些不好意思。

「看來你這個青梅竹馬很不了解他喔。」

「哈哈，好像是喔。」溫一凡忽然正眼看我，「妳叫什麼名字？」

而我有些驚訝，「為什麼？」

「什麼為什麼？」他也驚訝。

「就是，你對我好奇？不然怎麼會問我的名字？」

「喔，因為，嗯……這樣說不知道好不好，妳對我的態度不太一樣，讓我覺得很特別。」

或許是因為我對待他的態度太過平常，和那些喜歡他的女生們不同，所以溫一凡才對我產生了些微的好奇心。

也就是在這一瞬間，他從遙不可及的人，變成了我同學的朋友，然後變成了我的朋友。

或許對宋雯雯來說，這樣子是墮入凡間。可是對我來說，卻是讓我從偶像的崇拜，轉變成了常人的喜歡。

只可惜，當我成為校草的朋友，我才真正喜歡上他。可是當我成為了校草的朋友，對他來說，我就只是朋友了。

所以，我才找上了初戀販賣所，希望我的這位朋友，能夠喜歡上我。

「哈囉~校草的女朋友。」孫日奇來到我身邊，但眼神卻不斷打量我。

「怎麼了？」我下意識摸了一下自己的頭髮，然後又對孫日奇這樣的稱呼感到不習慣，「幹嘛這樣叫我。」

「妳就是校草的女朋友啊，我當然這樣叫妳~」他嘻皮笑臉地說，我卻感受到女生們惡意的視線。

哇勒，我只記得寫上讓溫一凡對我執著，卻忘了寫上不受其他女孩仇視。不過只能寫二十字的話，好像也寫不下這麼多東西。

「不要這樣叫我。」我壓低聲音，況且我和溫一凡的交往對大家來說，已經是既定事實，可是對我來說還沒實感，畢竟我到現在都還沒見到所謂的「男朋友」，更甚至連和他交往的記憶都沒有。

初戀販賣所實現的方式，就是一覺醒來願望就已經達成，但是不會有過程的記憶，也就是說，不會記得你們怎麼從朋友變成戀人的過程，也不會記得你們是誰先告白，不會記得那些悸動。

我覺得，這也是初戀販賣所殘忍的地方。

「交往前就知道溫一凡的人氣了，加油，這是妳該承受的。」孫日奇對我握拳喊話，十分討厭。

「你既然知道，還故意一直這樣喊我。」我壓低聲音說。

「就是要這樣呀，讓他們知道妳才是穩坐寶位的人，她們無論多生氣，都不能否定這個事實啊，因為妳可是溫一凡選擇的呢。」孫日奇對我眨眨眼睛，「這麼多美人他不選，偏偏選妳，那就表示妳是贏過所有女生的王者，該覺得驕傲！」

我搞不懂孫日奇到底是損我還是真的在讚美我，總之我還是先不回應，畢竟那些視線越來越灼熱，讓我有些擔心，在我不記得的那些「過去」，有沒有發生過什麼事情。

「你找我幹嘛啦！」我沒好氣地問。

「喔，這個，要給妳的。」他拿給我一塊石頭，而我滿臉問號。

「什麼東西？」

「溫一凡說要給妳的。」

「給我？為什麼？」

「他說給妳妳就知道耶，難道這只是他的妄想，你們其實沒想像中的有默契？」孫日奇又嘿嘿笑了起來。

奇怪，孫日奇講話有這麼愛怪笑嗎？

「你是怎樣？」

「什麼？」

「在笑什麼？」

「不然要哭嗎？」他故意做了個哭哭臉，「所以妳到底知不知道這石頭的用意？」

「我當然知道，給我。」我說謊，我完全不知道。

接過了這顆平凡無奇的石頭後，我實在疑惑不已，到底這代表什麼意思？

下課的時候，我滿心期待溫一凡會過來找我，畢竟我們是男女朋友了呀。

可是沒有，第二節下課也沒有，再來第三、第四節課，都沒有！我在午餐時間忍不住問了宋雯雯。

「我跟溫一凡在交往，對吧？」

「啊？妳忘記了嗎？當然呀！」宋雯雯皺起眉頭，「問什麼白痴問題？」

「沒有，只是確認一下。」

「那些親衛隊整天說妳幻想，妳還真的就當自己幻想啦，妳和溫一凡在交往沒錯啊，不敢相信～」宋雯雯一邊吃著便當。

「我只是好奇，他怎麼下課沒有過來找我？」

「我是不知道你們私底下是怎樣啦，但是你們在學校本來就不太會待在一起耶。」

聽到這句話我大吃一驚，我不是許願他會對我很執著嗎？

因為比起說愛我，我認為執著更是另一種愛的表達，愛的獨占，所以才會用那樣的字句。

雖然不知道溫一凡如果有女朋友的話會是什麼個性……嗯，基本上我根本不太確定他是什麼個性。

可是，如果都已經是「執著」的狀態了，不是應該每節下課都會過來跟我見面嗎？

「我們真的有交往嗎？」

聽到我這個問句，宋雯雯笑了出來，「我也曾經問過妳這句耶，妳還跟我說什麼，每個人都有自己交往的方式，你們兩個本來就不會黏在一起。」

「我說過那種話？」

「妳說過啊！妳不記得啦？」

我還真的是不記得，完全不記得！

況且，我是會說那種話的個性嗎？我當然會希望黏在一起啊。

「那我們在學校從來沒有在一起過嗎？這樣子別人怎麼知道我們在交往？」我又問。

「那是因為校草在某一次我們兩班體育課正好都在使用體育館時，忽然過來跟妳告白，轟動全校耶。」宋雯雯偷瞥了一下那群親衛隊，「所以其他女生都很不爽呀，想說為什麼校草會大張旗鼓用這種像是插旗的方式跟妳告白。」

「我應該被罵得很難聽吧。」我壓低聲音。

「對，超難聽喔，不過妳說過妳不在乎，反正都跟校草在一起，本來就要承受大家的惡毒眼光。」

「這句話又是我說的？難道不是孫日奇說的嗎？」

「妳今天是怎麼了？當然是妳說的啊，孫日奇也是因為妳那樣說了以後覺得妳很敢，才老是會用同一句話回妳。」

簡直不敢相信，那過於成熟的話語，根本不像是我會說的。

我開始好奇那段「不存在的真實時光」，到底是誰在操控我的身體。

話說回來，那段時光對我來說是沒有記憶的過去，但是對周邊的朋友來說，確實是一段曾經存在的事實。

忽然間，我才感覺到教室的違和感。

我先是看了黑板最右側的日期，接著又拿出抽屜的課本，然後抬頭問宋雯雯，「我們現在是高三？」

宋雯雯皺起眉頭，「我的天喔，妳真的失憶了嗎？」

我彷彿五雷轟頂一般，居然直接過去了一年，而我毫無記憶。

我負責的打掃區域是教室後面的玻璃，我一面擦一面思考著，為什麼我會過了半天才發現自己是高三，而不是原本的高二。

因為過去一年我雖然沒有記憶，但是對我的身體和潛意識來說，是真切地度過了一年，所以會習慣周遭的事物，像是課程、座位變動、同學長相等，而我又一整天都在想溫一凡為什麼不過來找我，所以才會這麼晚發現。

忽然我有些後怕，那過去的一年發生了什麼事情呢？

我原本以為頂多跳過一、兩個月，跳過我和溫一凡的熟識和相戀。一、兩個月就夠多了吧！

沒想到這卻是跳過一年，一整年！

「校草的女友～在發呆呀？」孫日奇故意把食指壓在我剛擦好的窗戶上，似乎還等待著我的反擊，見我毫無反應，不免皺眉，「怎麼了？」

「日曆，我現在沒有心情跟你玩。」

「日曆？」他有些詫異，「好久沒聽妳這樣叫我了。」

我從高一喊到高二，怎麼可能高三就不叫了。想必一定又是那消失的一年改的習慣。

唉，到底那一年，我在他人眼中是什麼模樣呀。

「為什麼沒那樣叫了？」不過我還是問了，反正應該無傷大雅。

只見孫日奇的表情有些奇怪，「怎麼回事？」

「啊？」

「妳現在是……願意談了？」

「啊？」

「……算了，當我沒說。」孫日奇的表情丕變，看起來很是失落，直接轉身離開，留下一臉錯愕的我。

我才要問這是怎麼回事吧！

於是我馬上追上了孫日奇，結果他走得好快，已經來到前門走廊，我馬上擋在他面前問：「欸，怎麼話說一半就走了？」

「我沒有說一半，我說完了啊。」他眼睛並沒有看著我，而且表情並不好看。

「日曆，到底是……」

「你們怎麼在這？」溫一凡的聲音忽地出現，讓我嚇了一跳。

「啊！」過了一整天，我終於看見他了。

他帶著微笑，站在我的身後，忽然一隻手直接牽住我，讓我心跳瞬間加快。

「她在問我怪問題。」孫日奇對我做了個鬼臉，然後又對溫一凡說：「你女朋友今天怪怪的。」

「我那哪是什麼怪問題啊，是你才奇怪吧？」我回嘴，而溫一凡握住我的手力道加重，瞬間我又小鹿亂跳起來。

「是什麼問題呢？」他將我些些拉近他的身邊，宋雯雯說我們在學校不太會黏在一起，但此刻我們卻親密無比啊！我甚至都可以看見走廊上許多女同學投射來的憤怒眼神！

「我只是問……」

「她問我模擬考成績。」

咦？

為什麼孫日奇要說謊？

「啊，妳還在在意成績被他超越了嗎？」結果接下來溫一凡講了更令我震驚的事情。

「啊？什麼？成績超越？」我怪叫。

「校草的女友，妳今天真的怪怪的。」孫日奇搖頭，然後就往另一邊走遠了。

他為什麼一直這樣叫我，難道在消遣我嗎？

「妳今天不舒服嗎？」溫一凡看著我。

「沒有。嗯，應該也可以說有，我腦子有點脹脹的，好像忘記很多事情。」我模稜兩可說著，「所以孫日奇現在成績比我好？」

「他是校排第一。」

我差點大叫，孫日奇在高二成績也沒說多差，但別說校排第一了，要超越我都有難度，這是怎麼回事？

「原來妳不舒服，那我就理解妳為什麼沒有過來了。」

「過來……要過去哪裡？」

在我問這個問題的瞬間，我彷彿看見溫一凡的雙眼微微升起了怒火，可是很快就消失，像是我的錯覺一樣。

「石頭。」

石頭……？啊……

我馬上從口袋拿出來，「你要孫日奇給我的這個？」

「對啊。」

「喔，對不起，因為我今天真的不太舒服，所以……這個是……」我想拐著彎詢問，可是溫一凡微皺的眉頭表明了對我的責備，這讓我想問出的話瞬間又吞回了肚裡。

「我下次一定記得。」

「嗯，乖。」

當他說出「乖」這個字的時候，頓時我內心升起一種反感。

可是很快的，這種反感又被他所握著手的悸動給壓過，我看著溫一凡俊俏的側臉，最後只剩下甜甜的笑意在嘴角，久久無法散去。

回家後，我馬上翻找自己過去一年是不是有留下什麼紀錄，可惜的是我從來沒寫過日記，而所有的課本又只有筆記沒有任何心情小語。

於是我打了電話給宋雯雯，決定告訴她所有事情。

「初戀販賣所？」她在電話那頭重複我剛說的這幾個字，「我沒聽過，妳說這是很有名的都市傳說？」

「對，以前我國中時每個女生都在討論，但是高中好像沒聽到人家在說……」

「那就是國中小女生喜歡的玩意兒吧，假的啊，什麼能夠實現妳的戀情的地方，聽起來不就是虛幻的嗎？」宋雯雯嗤之以鼻。

「那不是假的，那是真的。」

雖然告訴她這件事情有點丟臉，但是若我想知道去年一整年發生什麼事情的話，那還是得說出實話，讓人幫我才是。

「沒想到妳會相信這個耶，好可愛唷。」

「不是，我會這樣說是因為，我去過。」要對不信的人說這些話非常困難，就像是對鐵齒的人不斷說算命多靈驗一般。

「啊？」

「我去初戀販賣所祈求能夠和校草交往，我用我的一頭長髮買的。」我將一切的事情都告訴她，包含怎麼進入販賣所的方式，以及我怎麼祈求，還有所有人對於我原本是長髮這件事情都沒有記憶。

宋雯雯聽得嘖嘖稱奇，說著世界無奇不有。

「妳相信我了？」

「原本不太相信，但是過去一年的妳，說實在真的有點奇怪，明明是妳，但又不太像是妳。」

我聽得雞皮疙瘩都起來。「好恐怖的感覺。」

「不是恐怖的那種，是好像很成熟一樣，感覺靈魂是別人。」

「這樣還不恐怖嗎？」我驚呼，但是腦子卻閃過了櫃檯裡的自己。

應該不可能販賣的人會變成我在現實中幫我生活吧？太愚蠢了。

「真的不恐怖啦，我們兩個過得非常開心耶，很不可思議的那種開心，當然現在和妳在一起也很快樂，我們就是好朋友啊，但是那一年真的很不一樣。」

「嗯，我聽不懂妳在講什麼，因為我完全沒有那一年的記憶。」

「我很抱歉我也幫不上妳的忙，因為妳沒和我說過任何關於校草的事情，就只是有一天忽然他跟妳告白，然後你們就交往了。」

「是喔……沒關係，那你知道我和孫日奇有發生什麼事情嗎？」

「孫日奇？為什麼提到他，你們有怎樣嗎？」

看來宋雯雯也不知道，於是我把下午的事情也告訴她，宋雯雯丈二金剛摸不著頭緒。

「聽妳這麼一說，我才發現妳真的很久沒有叫孫日奇日曆了耶。」

「我覺得這應該是小事情，但是孫日奇的反應好奇怪。」

「怎樣奇怪？具體來說是什麼表情，或是說了什麼？」

「就很奇怪，不會形容。」

「妳跟我說看看他講了些什麼呀？我分析看看。」

「怪了，妳怎麼這麼好奇？」

「啊……因為妳也忘記，不對，是根本不記得。」宋雯雯的聲音聽起來有些乾澀，還咳了幾聲掩飾尷尬一般，「那個，因為我喜歡孫日奇。」

「啊？」

「而且我去年還跟他告白，可是被拒絕了。」

「什麼！」

「是妳鼓勵我跟他告白的，還好有妳鼓勵我，我們也是因為那樣才變得更親密。」

「我完全沒記憶！」

「沒關係，妳現在知道啦。」宋雯雯嘆氣，「要是那時候就知道初戀販賣所的話，我就也去許願，讓孫日奇跟我交往！」

「那妳可能也會失去一年的記憶喔。」我調侃。

「那時候我問妳就好啦。」

和宋雯雯掛掉電話以前，她又跟我確認了一次進入初戀販賣所的方法，但卻說她已經不喜歡孫日奇了，所以並不會去交易。

而我坐在書桌前，這時才注意到我的窗邊居然排了一整排的小石頭。

我想起自己口袋的石頭，拿出來後發現這些大小都差不多。

難道這是我和溫一凡的情侶暗號之類的？

我一邊猜想，一邊把新的石頭也放了上去。

我決定把一些疑問和新發現給記錄下來，這樣也好梳理脈絡與線索，希望能多少拼湊起過去一年發生的事情。

畢竟是高三生了，所以寫完今天的疑問後，我便開始念書，但當我從書櫃上拿下參考資料翻閱時，發現自己在其中一張答案紙後畫了插圖。

一個女孩露出上半身，而胸部以下是許多小圓圈。

「這是什麼？」我確定這並不是我畫的，但是在我的房間，我的東西，一定也就只有我會觸碰。

所以只有一種可能，那就是「過去」的我畫的。

我看了老半天，看不出所以然，然後我往後翻了幾頁，發現也有幾張一樣的圖畫。每一張的女孩都沒有畫上五官，只有在臉部打了一個草稿的十字線，乍看之下好像很詭異，可是這些圖並沒有給我不舒服的感覺，好像想告訴我什麼，可惜我看不出來。

忽然我的手機響起，宋雯雯的聲音十分高亢，「我忽然想起來了，在去年有段時間，就是在校草跟妳告白以前，你們曾經三個人常常待在一起。」

「三個人？妳說誰？」

「就妳跟溫一凡和孫日奇啊，有段時間你們三個人好像感情很好一樣。」

「是什麼時候？妳記得具體時間嗎？」

「我不確定妳是什麼時候沒有記憶的，反正你們三個人在高二有段時間很常一起出去，然後我就有點吃醋，有一天主動找妳吃午餐，結果妳主動問我是不是喜歡孫日奇，然後鼓勵我告白，但後來我被拒絕以後，妳也花了很多時間安慰我，我們感情也變得很不錯，再來就是校草跟妳告白啦～」

「溫一凡跟我告白的時間……就是我們交往的日子，妳知道嗎？」我的眼神從圖畫上的圓圈，飄到了窗邊。

「當然知道呀，妳連這個都不知道呀。到今天剛剛好兩個禮拜。」

而我看著那些小石頭，明白了圖畫中那些圓圈是什麼。

小石頭的數量，也正好是十四顆。

我明明是和初戀販賣所求了愛情片，但為什麼現在好像變成了懸疑片？

「喔，妹妹，好久不見。」

我走出房門的時候，正好撞見哥哥的朋友從廁所出來。

「新洛哥，你們昨天好吵喔。」

「哈哈，抱歉抱歉，久違的同學會大家太開心了啊。」

關新洛是哥哥的國中同學，兩個人意外在大學重逢，雖不同系但也同大學，於是又拾回以前的友誼，有時候會來我們家過夜。

昨晚是他們國中的同學會，喝了不少酒的關新洛沒辦法騎車回家，於是就來到我們家。結果因為喝得太醉，昨天還在房間唱歌，害我睡得不是很好。

「真是對不起，我等等也要跟叔叔、阿姨道歉。」關新洛抓著頭，對昨晚自己的失態感到十分懊悔。

「新洛哥，你失戀了喔？」從昨天他和哥哥的談話中聽見了相關消息，關新洛有些驚訝，接著聳肩。

「人生啊，總是會失戀個幾次啊。」他表現得十分灑脫，比了下哥哥的房間後，對我揮手再見。

我對關新洛的印象，一直就是個帥氣的大哥哥，證明了小時候是個帥哥，長大後也會是個帥哥呢。

然後原來帥哥，也是會失戀的啊。

前往學校的途中，我收到了溫一凡的簡訊，他問了我人在哪裡。經過昨天的發現後，讓我現在對溫一凡有種奇怪的心情。

倒也不是說不喜歡他了，只是好奇到底為什麼他會送我那些石頭，以及過去的我畫下石頭的意義是什麼。

不過，我也沒有笨到要去問他。

回覆他我剛從家裡出來後，溫一凡便要我到一家早餐店。和男朋友共進早餐是我的夢想之一，於是那些疑問馬上又被拋到九霄雲外，我踏著輕快的腳步前往。

來到早餐店的時候，不難注意到幾個女同學正在關注溫一凡，踏進那注目的中心點有些令人卻步，不過溫一凡已經看見我了，並對我招手。

「早安。」我笑著對他揮手，覺得和他交往這件事情就像是夢一樣。

「早安，不知道妳喜歡吃什麼，所以沒幫妳點。」他將菜單遞給我，我注意到他自己的餐點已經上了，而且還吃到一半。

當然這也沒什麼，只是如果他等我到了再點的話，或是先問我要什麼幫我點，這樣好像更好。

「那我點薯餅蛋餅和奶茶。」不過罷了，有什麼好抱怨的呢？能和他一起吃早餐，就已經置身夢境了。

「這樣的搭配熱量好像有點高，要不要吃沙拉？」

「嗯……」我正打算說出「也行」的瞬間，忽然注意到自己是不是又犯了正在妥協的毛病，我明明有想吃的東西，為什麼要因為別人的一句話改變呢？

但是很快地，我又覺得這是我自願的，並不是委屈，於是我便說：「沙拉也不錯，那我選燻雞沙拉。」嗯，我自己決定沙拉的品項。

我的餐點上來時，溫一凡已經吃完了，所以他靜靜地看著我。被這樣盯著實在好難下嚥，要一直注意自己的吃相以及美乃滋有沒有沾到嘴巴。

「那個，你最近考試準備得怎麼樣？」我想找點事情和他聊，卻發現不知道該與他聊些什麼，所以便選了學業這件事。

「喔，還不錯，我想妳也不用擔心學業吧？」他微笑著。

「說到這個，孫日奇為什麼會忽然變成黑馬？」

溫一凡一聽，臉色一變，「妳很好奇？」

「當然好奇，他的成績忽然超越我耶，有什麼念書訣竅嗎？」

「誰知道。」

怎麼感覺他忽然不高興了？

這時候他從口袋又拿出了一顆石頭給我，「妳應該還記得這是什麼意思吧？」

「嗯……今天是第十五顆了。」我謹慎地選擇措詞，而溫一凡沒有反應，不過嘴角揚起了弧度。

「妳是我的女朋友。」

嗯，不然呢？

好多奇怪的感覺湧現，但是我卻半點疑問都無法提。

走往學校的時候，溫一凡說著最近看的影集，是有關自然浩劫的紀錄片，然後反問我喜歡什麼類型的電影。

「我喜歡驚悚片或是末日片，還有卡通也不錯。」我興奮地回答，終於聊到有興趣的話題了。

「那些很幼稚，而且妳知道看那種驚嚇的東西，會吸引不好的磁場嗎？」

被他這麼一說，我有些驚訝，「你是說吸引鬼嗎？」

「不是，我不信鬼。我講的是磁場與能量，看不好的東西就會吸引來不好的運氣，我們都要考試了，不能吸引到任何不祥的氣氛。」

但是自然浩劫也沒多吉祥耶。

雖然很想這樣回應，可是我還是止住了。

怎麼感覺有點奇怪呀，我明明很喜歡溫一凡，光是現在和他走在一起，也足夠令我心跳加速。

但是，怎麼說，這種不平衡的感覺是什麼？

那句話是怎麼說的？

啊。

話不投機半句多。

到了學校後，我忽然想起昨天他給了我一顆石頭後，說了為什麼我沒過去，於是在他要進去自己的教室前，我便問了：「今天是要約在哪嗎？」

溫一凡似乎一臉疑惑，但是我拿出了那顆小石頭，他恍然大悟，接著怪異地笑了下，「不用了，我們吃過早餐了。」

聽不懂他的意思，所以我也只能傻笑。

「妳這兩天有點奇怪。」他說，而我心一跳。

「有嗎？還好吧。」

「嗯，很奇怪。」但是溫一凡似乎也沒有多在意，逕自轉身進去了他的教室。

我真的很想問問，過去的我到底是怎麼樣了？為什麼會讓這麼多人說出這樣的話呢？

一進到教室後，我看見宋雯雯愁眉苦臉的，我把書包放好後來到她的座位邊，問了她發生什麼事情。

「我昨天聽了妳說的那個傳聞，嗯，就是那個，初戀販賣所，說實在我覺得有點蠢，也沒有很相信。」她有些不好意思地說，「但我後來去奇摩知識＋搜尋，還真的看見有人在問。」

「妳好聰明，還知道去網路找。」我怎麼從來沒想過呢？

「總之我依照妳說的試試看，結果完全沒有進去，只有一覺到大亮。」她邊說邊偷看了一下正好進來教室的孫日奇。

「有一個條件是要很痛苦，妳現在還有因為他而感到痛苦嗎？」

「還好，因為都被拒絕了，已經慢慢釋懷。只是還是會想說，如果可以交往該有多好。」她聳聳肩。「但這樣說起來，妳有喜歡校草到那麼痛苦，痛苦到可以進入初戀販賣所？」

「嗯，可能我的忍痛力比較低吧？就是覺得想站在他身邊，想要與眾不同，想當他最特別的人。可是他的眼裡好像都沒有我，越想就越難過越心酸，大概是這樣吧。」

說完這句話後，我忽然想到了該怎麼形容自己的感覺。

就像是想像力極佳一般，會不斷想像、無限放大自己的情感，然後幻想著自己的感情得不到回報的痛苦，像是拿著劇本的悲劇女主角一般自怨自艾，這樣就足夠可憐。

有點像是放大自己的痛苦，就足夠痛苦到進入販賣所。

或許，這也算是一種作弊方式吧。

「那我晚上試試看吧。」

「妳還要試喔，不是說已經不喜歡他了嗎？」我忍不住調侃。

「吼，還是有遺憾啊。而且對我來說，妳已經以前就知道了，現在這樣逗我感覺好怪。」

「沒辦法啊，我就失憶呀。」

「那那段時間的妳又是誰呢？」

「我也不知道。」我不會去探究那段被初戀販賣所拿去的時光，因為有可能那就是他們的收費之一。

咦，不對，不是已經收走我的長髮了嗎？

這樣又為什麼要拿走我的時光？

但現階段我也沒空去思索這種事情，且也沒有意義，什麼都無法改變。

晚上，我將第十五顆小石頭放到了窗邊，然後看著那些大小幾乎一樣的白色石頭，總感覺非常熟悉。

似乎在哪裡看過這樣的石頭，可是卻想不起來。

我有預感，明天溫一凡又會給我一顆石頭，但是我依舊不知道這是什麼意思。

在拿到第三十顆石頭的時候，我大概抓到了這石頭代表的意義。

就是見面。

大多時候，溫一凡會主動拿石頭給我，而那一天見面的一次，就是給我石頭的那次。若是需要上課的時候，大多都是會找我吃早餐，或是某節下課會見面。

而有時候他會讓孫日奇拿給我，若是這時候，通常代表的就是要在體育館見面。

而為什麼會知道是體育館，也是因為我問了孫日奇。

第二次他請孫日奇拿給我時，我雖然有猜到了或許是代表見面，可是卻不知道要在哪見，也不確定是不是真的代表見面。

所以我決定賭一把，跟第一次一樣不作任何反應，直到打掃時間時，溫一凡又出現在我們教室，那一次我剛好跟宋雯雯在拖地，所以騙了他有同學請假，導致我的打掃工作變多了。

宋雯雯雖然不知道我為什麼那麼說，但出於好姐妹之心，也是馬上就幫我說話，溫一凡才露出了微笑。雖然我總覺得那個微笑有些虛假就是。

於是我確定了石頭代表見面，而見面的時間一定就是打掃時間，否則溫一凡就不會信我那個謊言了。

但至於要在哪見，這就真的不知道了。

於是就在第三次他請孫日奇拿給我時，我順口一問：「你知道我拿到石頭後，和溫一凡都在哪見面嗎？」

「妳真的要問我這種事情？」結果孫日奇又不爽了。

「你知道為什麼他要給我石頭嗎？」

「我哪知道，不就說了，你們的定情物嗎？」孫日奇冷笑，他跟妳告白的時候，也是拿了一堆石頭，說什麼對妳的感情堅若磐石呢。」

「你在生氣什麼？」

「妳認真？校草的女朋友？」孫日奇對上我茫然的雙眼，搖頭嘆氣，「算了，是我的錯，沒事沒事。」

我還是搞不懂孫日奇到底在說些什麼，但奇怪的是，我也沒有想要追問的心情。

看著他離去的背影，我想起了宋雯雯喜歡他的心情。

仔細看看，孫日奇的身高和比例也都很好，頭髮雖然有點亂，可是也能說是有型。另外他的聲音雖不算是有磁性，但也還算是好聽。個性嘛……沒有很體貼，可是還滿有趣的。

嗯，好像能理解為什麼宋雯雯會喜歡他了。

因為孫日奇很真實。

即便我和溫一凡交往了，但總覺得和他還是有隔閡，明明會牽手、會聊天、會對我微笑，可是就好像五分熟的牛排……牛排還比較好吃，應該說是五分熟的雞肉一樣，可以吃，但最好又不要吃，以免拉肚子一般。

明明交往該是怦然心動，可是隨著交往的日子，我對溫一凡的愛慕之心，卻彷彿逐漸凋零之中。

但我很快把這個念頭給驅趕出我的腦中，覺得自己不該不知足。

對，又是這樣的想法，不能不知足，只要他喜歡我就好，只要能交往就好。以前有過這樣的想法，以為高中了後自己會成熟一點，卻發現還是一樣。

或許我還得學會，更勇敢說出自己的想法才行。

而就在此時，一個靈光乍現，會不會體育館就是要見面的地方？因為那是溫一凡和我告白的地方，孫日奇也說了，告白時他還送了一堆石頭。

怎麼這個細節宋雯雯沒有跟我說？但是她大概也沒有發現這很重要吧。

於是在掃地時間，我快速把玻璃擦好後，來到了體育館。

果不其然看見溫一凡正拿著大拖把在裡頭拖著，看似有條理地拖著，但其實只是亂無章法，交差了事地亂拖一通。

「妳來了呀。」他沒有抬頭，聲音迴盪在空空的體育館中。

「嗯。」

「這一次沒有食言了。」他又說，抬眼看我。

或許是我的情感已經逐漸冷卻，又或是空蕩的體育館更顯得他的雙眼清明，所以才更能看得清楚。

這讓我明白一件事情，他並沒有喜歡我。

那既然如此，又為什麼要跟我交往呢？

更可悲的是，我在發現了這件事情以後，即便感情冷卻後，我也還是喜歡他。

覺得或許自己再努力一點，他就會喜歡我，

畢竟我們現在已經是交往的狀態，我是離他最近的女生，所以他若是要喜歡上人，一定是我的機率更大，不是嗎？

「嗯，我不會食言。」我想，或許就是先配合他、乖乖聽話，這樣子更好吧。

「妳痛苦嗎？」他又問。

「不會，和你交往，是我最大的喜悅。」我此話不假，因為我可是用一頭長髮，才換來與溫一凡的關係。

我不知道自己露出了怎樣的表情，使得溫一凡的雙眼在我的臉上打轉。

「妳真的有點奇怪。」他拿起拖把放到旁邊的水桶，我注意到裡頭並沒有水。

「對了，這個週末呢？」

他思索一下，「三十多天了是嗎？」

「嗯。」

「那就車站見吧。」

我一驚，「我們要出去玩嗎？」

「對，作個紀念。」他提起水桶往工具櫃走去，「我來決定地方。」

「不該一起討論去哪嗎？」我問，但是溫一凡怪異地笑了起來。

「不，應該是由我來決定才是對的。」

「但是我們在交往，我們應該一起決定去哪裡約會。」

「約會？」他聽完後大笑，「說得也是，一起決定才是。」

「你喜歡去哪些地方？我仔細想想，我並不了解你。」

「我也不了解妳，但是對我們的交往來說，不需要了解吧。」

是這樣子嗎？

兩個個體因為交往後，差異就會消失嗎？

是因為妥協了還是委屈了？是為了對方改變了嗎？

「不然妳說一個想去的地方，我也說一個，這樣可以了嗎？」

「我們可以去博物館。」

他稍稍挑起眉毛，看了我一眼後把拖把放進工具櫃後說：「沒想到妳會說博物館，我以為妳會選遊樂園。」

我的確是想去遊樂園，但是我想到溫一凡說過喜歡生態浩劫之類的，所以我猜想他或許對自然、歷史等有興趣，這樣子博物館絕對是對的選擇。

想到這裡，我忽然一笑，這表示溫一凡也算是了解我一些吧？

「博物館也可以。」我說。

「那就博物館吧。」他說，而我覺得開心極了，因為這也表示，我多了解了他一些。

就在約會的前一晚，我正在房間試穿明天的衣服，想著該怎麼樣才能讓溫一凡眼睛一亮。

這時候宋雯雯打了電話給我，因為她知道我明天就要和溫一凡約會，所以非常關心。

「如果你們接吻了，一定要告訴我喔！」

聽到這裡，我紅起臉來，「哪有這麼快就接吻的，我們才交往一個多月耶。」

「一個多月哪有快呀，我有些朋友交往一個禮拜就接吻了。」宋雯雯覺得我大驚小怪，「而且我們都高中生了耶，不要說妳從來沒跟別人接吻過。」

「我當然沒有啊！」

「什麼？妳沒有交過男朋友嗎？」

「算有，但是也算沒有，我也不知道。」

「有沒有交往過怎麼會不知道。」

「哎唷，不要說我啦，那妳呢？講得這麼頭頭是道，妳就接吻過嗎？」

「當然有啊，但是是跟前男友了。」

這句話讓我震驚不已，我驚呼，「我怎麼不知道妳有過男朋友？」

「那是高一的事情了，也是在喜歡上孫日奇前了，很久了啦。」

「沒想到妳進度居然超越我……」

「拜託～但是依照質感來說的話，誰贏得過妳呀！妳可是和溫一凡這個校草交往呢，又帥又溫柔成績又好，簡直是全女生的夢中情人。」

「但妳不是說過他是憧憬的明星嗎？孫日奇這樣的比較好不是嗎？」

「哈哈哈，對呀，當然是這樣。」

「不過妳怎麼知道他很溫柔？難道他給女生們的感覺都是這樣嗎？」因為即便溫一凡很受歡迎，他也從來沒有和女生們有過良好互動，我看他都是不理會居多，就算有人主動打招呼，只要他不認識，他就不會搭理。

所以即便宋雯雯和我是好朋友，他們兩個也從來沒說過話，至少就我記得的時候啦。

「喔，我不是有跟妳說過嗎？校草曾經安慰過我喔。」

「安慰？」

「嗯，就在校草跟妳告白前，在我被孫日奇拒絕後的這段時間，有次我在公園很傷心地哭，然後他剛好回家經過，可能是看到我，記得我是妳的朋友，所以他也不好意思就直接略過吧。」

「妳曾經難過到在公園哭？妳對孫日奇感情這麼深？」我再次驚訝。

「咳，這樣不禮貌喔！我當然用情至深啊！」她又用那種開玩笑的語氣，「反正，他就在旁邊靜靜陪我坐著，等我哭完後還送我回家，後來我有送給他一個小東西答謝，就這樣。我覺得他很溫柔，難怪會受歡迎啊！」

這件事情我完全不知道，應該說，是我不記得了。但是宋雯雯口中的他，好像跟我認識的是不同的人。

「原來他還有這一面啊。」

「不是妳男朋友嗎？妳怎麼會不知道？」她是一種調侃，但聽到我沒有回應的靜默後，宋雯雯才改變了語氣，「妳知道一般來講，很少情侶是在了解彼此之後才開始交往嗎？」

「真的？」

「嗯，大多數都是處在未了解對方的狀態下，憑藉著喜歡的情緒而開始交往，再隨著喜歡的感性逐漸轉為理性後，才開始了解彼此的。」

「真的是這樣？」

「當然呀，喜歡本來就是非理性的情緒，要是還能慢慢了解彼此才決定要不要交往，那不是就變成有條件的往來了嗎？我覺得喜歡就是要因為喜歡而衝動，因為愛而執著，進行了非理性的選擇之後，隨著在一起的時間拉長，慢慢冷靜下來然後才開始理解彼此。」

「難道這不是因為喜歡的感覺逐漸沖淡了，才有辦法理性思考嗎？」

「不是呀！哪有可能永遠情緒都維持在一個高點呢？我覺得這就像是生活一樣，總是要激情過後才會檢視一切，但這不代表不喜歡了，是另一種昇華啊！」

我被宋雯雯說服了，所以我以為自己對溫一凡冷卻了情感，但其實我們是走到另一個境界？

「我還覺得溫一凡對我冷淡，妳知道我這禮拜還覺得他其實並沒有喜歡我呢。」

「怎麼會，我覺得他很喜歡妳啊。雖然你們的確不常黏在一起啦，但是我每次看見你們，都會注意到他牽著妳的手啊。況且齁，有時候男生在喜歡的女生面前，會裝酷啦～」宋雯雯「啊」了一聲，「我想到很好的形容了，每個人都是從半生不熟開始交往，日久生情除外。」

「半生不熟是很好的形容嗎？五分熟比較好聽吧？」

「哈哈哈，那就五分熟的關係，這樣夠好聽了吧？」

「奇怪，妳不是只有交過一個男友嗎？怎麼這麼懂？」

「我哪有說我只有交過一個，我只是說喜歡孫日奇以前的那個男友有接吻而已。」

我再次震驚不已，宋雯雯還真是人不可貌相。

不過有了她這番話後，我的內心舒坦多了，對於明天的約會再次期待不已。

隔天我準時出現在車站，而溫一凡也在差不多的時間抵達，對於我們兩個的好默契，讓我有些開心。

博物館裡頭的展覽是已經絕種的陸地和海洋生物，有些甚至年代久遠，所以皮膚的顏色都是根據科學數據去想像的。

雖然我對這類東西的興趣沒有很高，但是看著還是挺有趣的，況且溫一凡十分專注，眼睛幾乎都發亮，看起來他真的很喜歡。

不過我有些在意，為什麼他沒有牽我的手呢？

雖然我們正在看展覽，還要牽手也太影響人，可是……情侶不是會牽手嗎？我看其他情侶來看也是黏在一起呢。嗯，雖然的確很擾人就是了。

看完展覽後，溫一凡似乎有很多想法，他提議到附近吃飯，一面滔滔不絕地告訴我剛才的心得。

面對他侃侃而談的模樣，我再次心跳加快，總覺得他之前的冷淡模樣好像是假的一樣。

「絕跡的恐龍在電影和文獻之中，都會說牠們的顏色是接近大地系的色彩，但我在想，有沒有可能是更繽紛的顏色呢？」溫一凡一邊吃著陽春麵一邊說，不知道為什麼，看著他吹麵條的模樣，我就覺得很可愛。

「根據自然定律，一定會是大地色的。雖然恐龍幾乎沒有天敵，但是自然生態中很少有繽紛色彩的生物，這是一種保護機制。」我說。

「但如同妳說，如果牠們沒有天敵，為什麼不能是燦爛的顏色呢？大自然裡頭越是繽紛的生物越有機會有毒，我覺得這很符合恐龍的特性。」

「不過說到底，恐龍已經絕跡，我們也不可能真的知道牠們會是什麼顏色，所以你說的也有可能是對的。」

溫一凡盯著我，我趕緊摸了自己的臉。

「怎麼了？」

「沒什麼。」他從口袋拿了石頭給我，「給妳。今天是第三十五顆了。」

「嗯，對啊。」窗邊已經快擺不下石頭了，但現在我彷彿才忽然發現這是什麼石頭，「這是鵝卵石嗎？」

「對。」

「你哪來這麼多石頭？應該禁止撿拾吧？」

溫一凡挑起一邊眉毛，「這還是妳第一次這樣問。我們家有生產，我從家裡拿的。」

我這下子才知道，溫一凡家裡是開建材工廠的。

「為什麼要每天給我一顆？」

「妳忘記了？」他似乎有點生氣，「反正集滿六十顆，我會信守承諾。」

氣氛一下子改變，自覺似乎說錯話，我也就沒有再追問給石頭的原因。

回家的路上，溫一凡都沒說話，我想起了宋雯雯的話，或許每個人都是五分熟而開始交往，但交往後，總是要逐漸變熟才行。

所以我主動牽起了他的手，這讓溫一凡嚇了好大一跳，他猛地轉頭看著我。

「妳做什麼？」

「咦？牽、牽手啊，我們不是在交往嗎？」我邊說，臉邊紅了起來。

溫一凡盯著我看好久好久，最後輕輕嘆息，「妳真的有點奇怪。」

這是他第N次這麼說了，不過這次他嘴角掛起了清淺的微笑，他看著窗外，輕輕地回握了我的手。

消失了一年時光後，為了紀念自己此刻的愛情，每當和溫一凡見面、約會完畢後，我總是會特意寫下來。

自從上次博物館的約會後，溫一凡主動問我下週六要不要去逛逛，這一次我選了天文館，出發點當然也是因為他喜歡自然。

溫一凡看似想說些什麼，不過還是答應了，我們在天文館看了星座的變化，還看了宇宙的改變，一整天下來覺得自己增加了不少天體知識。

同時，也感受到人類的渺小。

看著如此「科學」的畫面，我卻感受到了如夢似幻的感性，讓我想到了不會被人相信的販賣所的存在。

那天結束後，溫一凡又給了我一顆石頭。

「下次去妳想去的地方吧。」

「咦？」

「妳兩次都是選擇我喜歡的地方，下次，去妳想去的地方吧。」溫一凡說著這些話的時候，眼神看著我的手指，不是我的雙眼。

他是在害羞嗎？

「嗯，其實無論是博物館還是天文館，都比我想像中的有趣，和你在一起，可以去一些我自己絕對不會去的地方，對我來說也是一種全新體驗，我很高興。」

他似乎沒料到我會這麼說，有些驚訝地對上我的眼，然後又很快地低下頭。

如果我沒看錯，他的耳根似乎紅了起來，他真的在害羞？

「那去妳想去的地方，對我來說也是全新體驗。」

「這樣的話，下次我們去逛夜市好嗎？」

「可以。」溫一凡抬頭，這一次，他的雙眼柔和。

讓我有一種，他也喜歡我的錯覺。

又或是，不是錯覺。

就這樣，我們每個週末都會約會，我的石頭也來到五十五顆，和溫一凡的關係也加溫許多，從最一開始他只會拿石頭和我見面，到現在在學校時，他幾乎有三次下課會過來找我。

我們的聊天內容，也從他喜歡的自然歷史，到我喜歡的殭屍末日。他露出笑容的時候變多了，我終於發現宋雯雯說過的，關於溫一凡的溫柔。

或許最一開始我的確是被他的外表吸引，也是在和他有接觸後才喜歡上他。一直到交往後的不確定感，到現在我覺得每天都十分幸福。

我在空白好幾天的日記寫上自己的心情，正準備蓋上時，發現了筆記的後面有塗鴉，我翻了過去，又是一樣的石頭和半身，但這一次女孩的臉上有笑容，而石頭後面畫了張日曆，上頭有愛心。

數了一下，石頭有六十顆。

我猛然想起之前溫一凡說過，六十顆就結束的話，這是什麼意思？

於是，在他給我第五十九顆的時候，我決定問他。

「這是第五十九顆，明天就是最後一顆了。」

我們坐在體育館，我收下石頭在手中把玩，「為什麼明天就是最後一顆？」

「一開始就約好了六十顆。」他的表情看起來有些失落，「所以六十天就結束了。」

「什麼結束了？」

「妳真的很奇怪，好像什麼都不記得一樣。還是妳是裝傻？」他狐疑著，但卻牽上了我的手，「我們約好六十天就分手，不是嗎？」

「什麼？」我大叫，「六十天分手？我們？我答應了？」

他被我的分貝嚇到，揉了一下耳朵，「妳不記得了？」

「我怎麼可能……你的意思是說，我們的交往是假的？」

「一開始就說了是假的，所以明天後妳就自由了。」

「等、等一下，你難道……完全沒有喜歡我？那你為什麼跟我告白？」

「那妳又有喜歡我嗎？」他似乎覺得我的問題很好笑，但我覺得此刻的狀況才可笑。

「我當然喜歡你，難道你都沒有發現嗎？」我直接說出了我的感情，然後抓住了他的手，「我喜歡你，才會跟你交往啊！」

「我不知道妳在講什麼。」溫一凡似乎有些慌了手腳，好像我喜歡他這件事情出乎他的意料。

「難道我們最近的關係這麼要好，都只是我的錯覺嗎？你難道……沒有喜歡我嗎？」

他似乎在打量我，但是最後投降地嘆氣。

「我的確也產生了變化，從博物館那次後，我們終於有話可以聊，我們終於不再刀刃相向，我發現自己過去也有做錯的地方，是我不該用那樣的方式對待妳。但是……我不確定妳的想法，我也不想做沒把握的事情，不然石頭這件事情早就可以停止了。」

「我其實也不記得石頭有什麼意義了。」我莞爾，我可以告訴他我不記得這件可能很重要的事情，但我絕對不能告訴他關於初戀販賣所的事情。

要是他知道了，他對我的感情是我買來的，或許這魔法就會解除了。

「不記得就好。」他對我伸出手，「所以我們……不結束了？」

「不結束，當然不結束。」我咬著唇，握上了他的手，感受他的體溫。

他一笑，而我們凝視彼此。

我有種感覺，就是現在了，所以我閉上眼睛。

我不知道溫一凡懂不懂我的意思，但是體育館的門忽然有打開的聲音，我嚇了一跳轉頭去看。

「你們在這？」孫日奇拖著一籃球進來，「別管我，我只是來還器材。」

我和溫一凡有些尷尬，就這樣傻傻看著孫日奇把球具放到器材室，然後又離開了體育館。

而這期間，溫一凡和孫日奇兩人完全沒有說話。要是以前，他們一定多少會打鬧一下，至少會講個垃圾話吧？怎麼可能像陌生人一樣？

我看了一眼溫一凡，他只是稍微看了眼孫日奇離開體育館的背影，然後就看著我和他交握的手。

「你們兩個不是很要好嗎？」

「妳是故意的嗎？」溫一凡挑眉，我還沒說出下一句話，他的臉已經湊到了我的面前。

那溫熱的唇覆蓋在我的唇上，我的心跳、呼吸，在那短短的瞬間，好像暫停了。時間彷彿停留在這裡，在我們交疊的唇上。

唇分開時，他帶著靦腆的微笑，這個模樣是我第一次看見，泛紅的臉蛋，與我有著一樣的笑容。

我抓住了他的手，再次湊上了他，給了他一個吻。

他似乎被我的積極給嚇了一跳，但在這段不算短的時光，我每天都戰戰兢兢的，失去的那一年記憶到底發生什麼，一點都不重要了。

終於千迴百轉，他的執著也真的是喜歡。

「我喜歡你。」我低聲說著，而他伸手抱住我，在我耳邊。

「我也喜歡妳。」

我不是初戀，但這是我的初吻。

從假的交往開始，變成了真的交往，我們之間的氛圍改變，周遭的人都明顯可以感覺得出來。

當其他女生對我投以惡意眼光甚至是難聽的話語時，溫一凡還會開口制止她們，這讓女孩子們終於承認了我的存在還有地位，從此，再也不會對我散發惡意。

而畢業的時候，孫日奇雖然也有和我們一起去聚餐，他和我們的互動也算正常，可是我內心就是覺得怪怪的，他們兩個一定發生過什麼事情。

但是溫一凡只說了：「男生本來就不會一直黏在一起。」

「女生也不會啊。」我反駁，並說了宋雯雯考上南部的學校，以後我們也很少能見面了。

「隨著畢業，本來朋友就會漸行漸遠吧。」溫一凡握著我的手，「我們不同大學，會不會也這樣呢？」

「當然不會，我還怕你喜歡上別人呢。」

「呵。」他沒有說不會，但我也不需要他說不會。

我對初戀販賣所許下的願望是，他會對我很執著，而且是一輩子。

無論最後我們會是什麼結局，執著都是一種永遠放在心裡的情緒，要放下執念並不容易，所以他一定會一直將我放在心上的。

她說，我年紀太輕，不懂什麼是一輩子。

這一次，我準備好了一輩子，才會許願了一輩子。

但我也發現一件事情，初戀販賣所雖然會實現願望，可是總不如我想像中一般。

但它並不是一個奇怪的地方，它的存在，的確撫平了少女對愛情的渴望與期盼。

只是如果可以，未來我不能再向初戀販賣所許願了，也希望不會再有事情讓我痛苦到需要許願才能解決。

或許，我也該學習如何面對愛情，面對失戀，面對傷痛。

這樣子，才不會脆弱得讓販賣所有機可乘。

我看著溫一凡的側臉，希望這個人，可以跟我在一起很久很久，久到，我能忘記他是初戀販賣所帶給我的緣分。

久到我不去想，如果今天我沒有許願，他，還會在我身邊嗎？

Chapter 3

永恆少年

在與他分手的一年後，我收到了一個包裹。

我並沒有覺得是他寄的，畢竟寄件人的名字就不是他，而是出乎我意料的人。

那年我大四，正在準備論文報告，當收到包裹的時候，我很驚訝。

而且，這個包裹還是寄到我的宿舍，不是我家，這就更令我驚訝了。

因為我和這個人從高中畢業以後，就完全沒有聯絡過了，甚至連ＭＳＮ也沒有加入好友的那種不熟。

所以，他怎麼會知道我就讀這間大學，甚至還知道我宿舍的地址呢？

我打開了包裹，他到底會寄些什麼東西，我連想像都想像不到。

裡頭是一整疊的照片，我十分狐疑，一張張看著，都是一些英國的街景，但卻越看越眼熟。

接著我一手捂著嘴，知道這些照片是代表哪裡了。

全都是《哈利波特》電影拍攝過的點，是一場朝聖之旅。

裡頭還有張明信片，我拿起一看，娟秀的字跡一點都不像男生的字。

我信守承諾。

但妳大概不記得了。

孫日奇

仔細一看，這還真的是國際包裹，孫日奇去了英國然後寄照片給我？

他怎麼會知道我喜歡《哈利波特》？我是和溫一凡分手以後因為太難過了，才會開始追《哈利波特》電影想要轉移注意力，看完系列電影後一發不可收拾，所以又買下了整套小說，看完後只能說相見恨晚，整個愛到不行。

我的夢想，就是想要一場《哈利波特》電影拍攝場景的巡禮，他又是怎麼知道的？

孫日奇，是我的高中同學，也是我前男友的朋友。

在高一時，我們曾經還算不錯，至少他很愛講話逗我。

但是當時我喜歡上了校草溫一凡，也就是他的青梅竹馬，而因為單戀實在太辛苦了，加上我迫切地希望那段愛情能夠修成正果，我也相信我能夠把敘述寫得很好，於是我再次進入了初戀販賣所。

我用一頭長髮交換了與溫一凡的交往，卻沒想到因此失去了一年的記憶。確切來說，那段時間我還是度過了，只是沒有記憶罷了。

後來如願與校草交往，可是卻有種種違和，但總結來說，我們還是在一起了。

只是，那一年因為我沒有記憶，在不知不覺間，和孫日奇的關係漸行漸遠，更甚至連溫一凡與孫日奇都很少往來。

雖然奇怪，但我也沒有真的很在意，和溫一凡交往了一段好長的時間。

一直到大三的時候，溫一凡來找我，說要與我談談未來。

「我外婆重病，所以我們家要搬回南部就近照顧，工廠也曾舉家遷移到嘉義。我會在北部念完大學，之後就會回去，畢竟最後我還是要繼承工廠。」溫一凡的臉色憔悴，想必是經過了很多掙扎與猶豫後，才對我開口，「我想問妳……

會願意跟我一起回去嗎？」

他這句話，有點像是求婚了。

但是我才二十一歲，我對於自己畢業後要做些什麼工作都不確定了，又怎麼能把未來託付在一個男人身上？

跟著他回去代表著什麼，我還是懂那個意思的。

見我沒有馬上回話，溫一凡扯了嘴角一笑，「是我的話，我也沒辦法。」

「你不要這樣說，我們可以先嘗試遠距離戀愛，或許之後……」

「我不要這種模稜兩可的未來，我畢業後還要當兵，接著馬上又要投入工廠的事務，如果妳沒辦法跟我走，那不如我們現在就分開。」

溫一凡大吼，這是交往這麼多年來，他第一次對我這麼大聲。

我愣住，看著溫一凡有些扭曲的臉，淚水與難過在他臉上擴散。

「我喜歡妳，從認真交往以後，我就一直認定妳，我覺得就是妳了……妳若不是跟我一樣的心情，如果妳只是想試試看我們能走得多遠……那就斷在這裡，不要讓我在身心俱疲的時候，又聽到妳說想要分手。」

我沒料到會聽到溫一凡對我說這樣的話，他此刻對我的心情，是不是初戀販賣所的效力？就因為當初我許的那些願望，希望他對我執著。

我太高估自己的心意，我忽略了感情隨著時間有可能會消弭，即便沒有消弭，但隨著年紀，我們都會越來越重視自己。

這並不是自私，而是我們逐漸「獨立」，會思考自己的未來，會開始想像自己想要什麼樣的生活，而自己未來會成為怎麼樣的大人。

以現階段來說，若當我想像自己的未來，我會希望能在這裡就業。我無法想像要離鄉背井到異地，況且，若是我真的去了，那我等於要放棄這邊的一切。

剛到嘉義，我沒有經濟能力，我一定沒辦法自己租房子，況且人生地不熟，我連機車駕照都沒有。

我知道溫一凡一定會說，就住在他家，那我是不是就等於未過門的媳婦？

我喜歡溫一凡，可以的話也想和他走下去。

從高中到現在，我的想法都沒有改變。

可是一直到他問我的時候，我才意會到，我是要和他「走」到哪裡？

走下去，這三個字到了現在，我才真正明白，原來我了解得一點也不透徹。在現實面前，我的喜歡變得微不足道，因為除了他，我還有我自己的生活。

「對不起……」最後，我只能道歉。

溫一凡並沒有口出惡言，但我知道我深深傷害了他，也明白了高中時的自己有多幼稚與自私，就只是因為自己沒有勇氣面對單戀的痛苦，而選擇了讓他永遠對我執著，甚至還曾沾沾自喜放下執念並不容易，溫一凡會一輩子惦記著我。

如今，我卻沒有放下一切跟他走的心理準備。

那個，不是我要的生活。

和他分手以後，我度過了一段很低潮的時光。我們並不是因為不愛了才分手，也不是因為不夠相愛，而是太過實際與現實。

又或者是，我的確不夠愛他。但，他也沒有愛我到願意留在這裡。

我們都不自私，只是沒辦法走在一起。

我們交往的那幾年，也鮮少會提起孫日奇，現在更是不可能去問溫一凡有關孫日奇的事情。

而以前高中的同學們在畢業以後，雖然都還保有著MSN的好友，可是會特意聊天的卻少之又少。

最後我傳了訊息給宋雯雯，想問她還有沒有跟孫日奇聯絡。畢竟她高中喜歡過他，女生多少都會留意以前喜歡的人的動態，

只不過，我得到了更震驚的消息。

「我懷孕了！」她的語氣並不像一般學生時代懷孕的人會害怕或是哭泣，而是語帶興奮，就像是結婚多年的夫妻懷有結晶一般歡樂。

「真的假的？妳男朋友說什麼？」

「不管他說什麼，我都會生下這個小孩！」她開心說著，讓我感覺很不可思議。

「妳爸媽呢？」

「其實我父母已經六十多歲了，原本他們對能抱孫子這件事情並沒有太大期待，他們覺得自己很快就會……妳懂的。所以現在這樣子，他們可樂得很呢！」

和宋雯雯認識這麼久，現在才知道原來她是父母老來意外的孩子，雖然被捧在手掌心呵護長大，但宋雯雯並沒有被寵壞，反而是個獨立又有主見的女孩，所以這次的事件，和她父母商量一下後，便決定生下孩子。

「妳想想，我三十五歲的時候，我的小孩都國中了，那時候說不定妳都還沒生呢。」宋雯雯聲音高昂，她真的很開心。「對了，妳找我什麼事情？」

「妳還有跟孫日奇聯絡嗎？」

「他去英國前我們還有見面過，後來就沒有了，啊，對了，他有問我妳的地址。」

「妳給他我宿舍的地址嗎？」

「對呀，他說要從英國寄明信片給高中同班同學，但是他找不到妳，所以才來問我。我連妳的電話和ＭＳＮ也都一起給他了，他沒有加嗎？」

「沒有，他把明信片寄給全班嗎？」

「是喔，也沒差啦，他現在都沒上ＭＳＮ了。明信片我前一陣子收到的，是很漂亮的倫敦眼，希望以後我也有機會可以去。」

「但是他寄了一堆照片給我。」

「咦？為什麼？什麼照片？」

「就街景。而且他明信片還寫一些很奇怪的東西。」

「寫什麼？不是就很簡單的祝福嗎？」

「為什麼他去英國玩要寄明信片給大家？而且他真的有寄全班？」

「有啦，因為我偶爾和以前同班的聊天，都會順便問一下明信片的事情，大家都有收到，至少我有問的都有啦。而且他不是去英國玩，他是去英國念書。」

「念書？真的假的？怎麼會去英國念書?!」

「妳記得他高三不是成績忽然變很好嗎？好像就是他媽那邊的親戚有人住在英國，跟他提議以後可以去英國念書工作之類的，孫日奇還真的就去了。」

「妳怎麼會知道這麼多？」

「因為我很愛跟大家聊天吧。」宋雯雯忽然語氣改變，「那妳最近好一點了嗎？」

「好多了啦，改天一起出來吃飯吧。」

「當然沒問題。」我知道宋雯雯一直很擔心我，感覺也該找時間和她見面了。

「對了，妳記得高中時，妳曾經和我說過初戀販賣所的事情嗎？」

沒想到她還會記得這件事情。

「妳該不會是使用了以後才懷孕吧？」

「當然不是，還能求子喔？」宋雯雯又大笑了起來，「我原本是要問妳說，那個應該是假的吧，結果妳卻問我是不是使用了。」

「那個當然是真的，妳又沒試過怎麼會說是假的。」

「就是試過好幾次，才會說是假的啊！」宋雯雯不滿地繼續說：「妳說進去的條件是要對戀愛這件事情感到很痛苦，我明明就很痛苦了啊，但是我整個高三幾乎每個晚上都在祈求，卻從來沒有進去過。」

我一愣，「整個高三都在祈求？求誰？」

「吼，當然是孫日奇啊，我真的很喜歡他，就算被拒絕了也還是超級喜歡他的，所以聽到妳這樣說以後，我真的是每天每天都在祈求勒。」

這是我第二個感到震驚的消息，在高三那時候我居然沒有感覺出來。

「沒想到妳對他用情這麼深，那現在……」

「喔喔，現在當然沒有，我愛我的男友。事實上我會和我男友認識，也是因為高二被孫日奇拒絕太難過了，就在聊天室找網友聊天，結果就遇到我男友，和他非常有話聊，就交換了E-mail慢慢信件往來，那時候我都會跟他講自己的事情，所以他也知道孫日奇，我也知道他當時的感情狀況。日積月累下來，我們也逐漸產生變化，後來問了彼此的大學才發現居然同一所。」

「這也太戲劇化了，這樣不就算是孫日奇湊合你們嗎？」我打趣地說。

「對呀，所以在他離開台灣前，我們才請他吃飯。」沒想到宋雯雯他們禮數做得真足。

「總之我覺得，痛苦會把妳帶向另一個花園，所以某方面也是感謝當初孫日奇拒絕我，這樣子才能遇見現在的男友，也才能有肚裡的小孩。」宋雯雯的聲音堅定又溫柔，「那時候很生氣為什麼沒辦法進去初戀販賣所，但是現在卻很感謝沒有進去。」

她的話如醍醐灌頂，總是求助初戀販賣所的我，最終卻只是傷害了他人。

「妳真是厲害呀，像我的話就只會依靠神奇的力量，從來沒有想過要靠自己……」

「我覺得就像是迷惘的時候拜拜或是算命一樣，本來每個人就有自己處理的方式。況且我也沒有厲害，是因為初戀販賣所不要我，我進不去哈哈哈。」

「我也不知道為什麼會這樣，不過要是那麼容易就進去的話，可能就不是都市傳說了吧。」

「男生是不是也不能進去？因為我以前跟我男友講過，他說跟當時的女友快分手時，自己想去求求看，不過也是進不去，所以我們兩個都覺得那是假的。」

「我是沒有聽過男生可以進去，不然以後有機會我問問看。」我開玩笑說著，但是內心已經決定不會再進去了。

「啊……啊啊！我忽然想到一件事情！」忽然宋雯雯在電話那頭大叫，「妳以前曾經叫我保管一封信，說什麼如果大學有一天妳問起孫日奇的事情，就把那封信給妳！」

「什麼東西？我怎麼會拜託妳這樣的事情？那妳高三時怎麼沒跟我講？」

「因為妳給我時要我發誓時間未到，提都不能跟妳提，所以我就沒有講，這麼多年我也忘記了。」宋雯雯解釋著。

「是我失憶的那段時間拜託妳的嗎？」

「對，我找找看。那時候怕弄丟，我還夾在英文字典裡面，結果畢業後完全沒用到英文字典。」她的背景傳來翻箱倒櫃的聲音，「找到了，要我拿給妳還是寄給妳？」

「不用了，妳就直接打開唸給我聽吧。」

「這樣好嗎？妳會不會在裡面寫什麼秘密啊？」

「如果有什麼秘密的話，我應該會自己藏好，不會交給妳吧。」

「齁，怎麼這麼說，我又不會偷看……呃？」她邊說邊打開了信，然後傳來錯愕的聲音。

「怎麼了，寫什麼？」

「妳寫『初戀販賣所』耶。」

週末，我回到了老家，一開門就看見玄關有一雙熟悉的球鞋，探頭果然發現關新洛就在客廳。

「喔，妹妹回來了！」關新洛對我揮手，而哥哥從旁邊探出頭。

「妳這禮拜有要回來？」

「嗨，新洛哥你好。老哥，你是多不關心自己的妹妹，我明明有在群組講。」我將裝滿換洗衣服的袋子往旁邊丟。

「難怪媽說要訂Pizza，我還以為是因為新洛要過來的關係勒。」哥翻了一下白眼，我也坐到了沙發上。

「新洛哥怎麼剪頭髮了？」我看著他好看的頭型，忽略一旁的哥哥。

「就快要入伍了，所以先剪起來。」他摸了摸自己的後腦，看起來有些害羞，「我從來沒剪過這麼短，亂沒安全感的。」

「就不知道為什麼研究所念一半不念了，要去當兵。」哥哥說。

「咦？為什麼新洛哥要這樣？」

「我只是先休學當兵，之後還是會回去念。」關新洛聳肩，「妹妹呢？大四了對吧，有考慮念研究所嗎？」

「沒有，畢業就會工作，念研究所對我來說有點浪費時間。」我老實地說，雖然對眼前兩位研究生不好意思就是了。

「我也同意。」倒是關新洛贊同我的意見，「不過我還是會念就是了。」

他和哥哥雖然大學同間，不過研究所就不同了，可是從國中累積下來的友情，到現在還是時常來我們家作客。

「那我先回房間了，你們慢慢玩～」

「等等見啦，妹妹。」

關新洛燦爛笑著，雖然髮型很重要，但果然帥哥就算剪了平頭也還是帥哥。

回到房間後，我開始思考關於宋雯雯那天的話。

我在失去記憶的那一年，寫了一封信給她保管，還囑咐她若是大學的我問起孫日奇，就把那封信交給我。而內容居然是初戀販賣所。這意思是什麼？

我原先還想著，難道是誰的惡作劇？我不是要懷疑宋雯雯，但畢竟我沒有記憶，怎麼能證明那真的是我寫的呢？就連字跡我都不確認是不是出自我的手。

但，那封信除了「初戀販賣所」這幾個字以外，還有一些單字片語。

「櫻花」、「雜貨店」、「長髮」、「便利商店」。

嗯，看來真的是我寫的。

是要我再進去一次嗎？可是我要怎麼進去？我又沒有單戀誰到很痛苦。

所以我一直煩惱這件事情，吃晚餐時心不在焉，直到關新洛和老哥聊到國中的八卦時，我才回過神來。

「你說朱志勳老師？」我以為自己聽錯了。

「是啊，以前好像是妳的班導？」關新洛拿起一塊Pizza，「他老婆和女兒都很漂亮，沒想到他還會那樣啊。」

「新洛哥怎麼會見過老師的老婆和女兒？」

「他Facebook有放啊，他也真時髦，居然有用Facebook。」

「那是什麼？」俗氣的老哥問。

「一個新的社群平台，有點像無名小站但是又不一樣。」我簡單解釋，一旁的爸爸媽媽也嘖嘖稱奇，畢竟他們連無名小站都還沒搞清楚要怎麼用，結果又出現了新東西。

「朱老師和學生談戀愛？新洛呀，這可不能亂講，是真的嗎？」媽媽則再次確認。

「叔叔、阿姨，我發誓這是真的！我朋友的妹妹就是和老師搞外遇的女生同班的，他們親眼看見朱老師和那位女同學在無人的空教室牽手擁抱。」

「妹妹呀，以前妳有感覺朱老師會是那樣的人嗎？」爸爸皺眉問我。

「我不知道，老師很客氣啊，和班上的學生也都很要好。」朱志勳老師對我來說，已經是很久以前的事情，是一場夢了。

「他到現在也還是平易近人的風格，我不否認他在教學方面是個好老師，但是當他跟學生戀愛的時候，就喪失做為老師的資格了。」關新洛話說得嚴重，但是爸媽卻認同。

「也有可能是真愛啊。」我忍不住說。

「哈哈，傻眼，什麼真愛啊。」結果老哥大笑，還把Pizza的料給噴了出來，「國中生耶，妳想想朱志動的年紀，根本戀童癖了。」

不是說愛情與性別、年齡、身分無關嗎？怎麼現在會這樣？

不過風向對我不利，所以我也不打算爭辯，於是就繼續吃著雞翅，聽他們聊八卦。

雖然關新洛會主動提起八卦很少見，但沒想到一講就是這樣的震撼彈。不過只要有關新洛在場，氣氛總是很活躍愉快，餐桌上歡聲笑語，我的煩惱彷彿暫時也消失了。

不過當夜晚我整理行李時，又看見了那疊照片，讓我又憶起了這份疑慮。我當然也想直接找孫日奇問清楚，可是他遠在英國，台灣居然沒有任何人可以聯繫上他。

我多少也問過高中同學，但是每個人都說收到明信片才知道他到英國了，沒有人有他的聯絡方式。想想也是惆悵，高中時期明明都是三年來天天見面的同學，結果畢業也不過三年多，有些人就已經注定一輩子不會相見，甚至不會聯絡。

更可怕的是，我竟一點也不覺得感傷。

有時候看著同學們的社群照片，我都會想，這個人以前真的跟我同班嗎？總感覺好陌生呀。那時候畢業紀念冊都還會寫上地址電話，要大家保持聯繫，真是公然說謊啊～

等等，地址？

我想到了孫日奇寄給我的包裹上寫有英文地址，所以我馬上請在宿舍的室友將地址傳ＭＳＮ給我，然後我只要寫信給孫日奇，這樣不就好了嗎～我真是聰明呀。

但總覺得哪裡有點奇怪，這麼多人沒有孫日奇的聯絡方式，看來他是有心想要搞失蹤，這樣子還會這麼粗心寫上地址嗎？

所以出於查證，我上網找尋了此英文地址的詳細位置，結果出來的是英國郵局。

孫日奇隱密成這樣，反而讓我更好奇了，但是我又能怎麼辦？

怎麼想也沒結果，我拿著杯子去廚房裝水，正好看見關新洺也在裝水。

「喔~妹妹，還沒睡啊？」

「跟你一樣口渴。」我搖晃著馬克杯，「新洛哥是要去哪裡當兵？」

「要等下部隊才知道，但首先要先到成功嶺新訓。」他看起來躍躍欲試，跟我一般對當兵男生的認知不太一樣。

「我還以為男生都不想當兵呢。」

「這是義務啊，況且我很期待會遇見怎麼樣的挑戰。我人生走到現在都挺順利的，沒什麼做不到的事情。不都說當兵是磨練嗎？所以我很期待自己會變成怎樣的人。」

「沒想到新洛哥是這樣想的，跟我哥完全不同，怎麼會想跟我哥維持這麼久的友情啊？」我拿起冷水壺把水倒入水杯。

「哈哈，妳哥單純而且很有義氣，人也很正直，這樣就夠了。」關新洛喝了一口馬克杯裡的水，然後又拿過冷水壺再次倒水進去，「妳是不是有什麼煩惱？今天吃飯看起來心不在焉的，是聽到八卦才回神。」

「難道新洛哥是為了我才講八卦嗎？」我莞爾。

「當然呀，不然我可不會在人背後講閒話呢。」

「那真是謝謝你了，我的確聽得很開心。」

「那煩惱解決了嗎？」感覺關新洛只是隨口一問，但是我忽然想知道，如果是他的話，會怎麼做？

「事實上……」我將事情都告訴了他，當然省略了初戀販賣所的神奇，而是敘述成一個商店。

關新洛聽完以後，不假思索地說：「聽起來那個商店就是關鍵啊，妳去那不就可以找到他了？」

「！」他的話讓我茅塞頓開，但是我明明說過不再進去的，況且……

「要進去也不容易耶。」必須要對「戀」很痛苦，但我現在並沒有任何戀愛的痛苦呀。

「因為很遠嗎？」

「欸，算是。」我說。

「那就表示妳也沒有很想要找到他，或是知道真相啊。」

「咦……」

「要是妳真的很想知道，那再遠都會去不是嗎？有時候只是有沒有心的問題。」關新洺對我眨眼，「別煩惱了，妹妹，早點睡吧。」

說完後，他就走回了哥哥的房間，而我則沉思著。

如果要知道的話，看樣子也只能回去初戀販賣所了，如果不能進去的話，至少我也嘗試過了，大不了就把照片這件事情當成永遠的謎團吧。

於是我準備就緒，躺在床上後閉起眼睛，想像著初戀販賣所的模樣……

我覺得有趣的一點是，明明不是第一次進來初戀販賣所，正常來說，我對販賣所的想像應該要定型了才對，因為人都有雛鳥效應呀。

但是，隨著年紀改變，販賣所的外觀也會因為我的見識不同而不一樣。

例如此刻的販賣所居然是學校裡面的合作社，而且是高中的學校，不是大學的，這讓我非常驚喜。

「歡迎，啊，我就在想妳也差不多要來了。」一如往常，與我相同模樣的女人站在櫃檯內，但不同的是她後面所說的那句話。

「什麼意思？妳知道我會來？」

「嗯，我知道妳會再來。」她朝我微笑，雙手還比了周圍，「妳看，這是妳的高中。」

「我不懂這是什麼意思，但我的確有很多疑問，像是為什麼我明明沒有戀愛的煩惱卻可以進來，以及就算要實現我的願望，但是讓我的記憶消失一年也太久了吧！再來就是，孫日奇和這裡有什麼關係嗎？為什麼我會寫一封信提醒自己要來初戀販賣所？」

「妳能夠特別進來，可以說是我們的售後服務，也能夠說是因為一些已經發生的事情無法改變，於是妳才能進來。」

「啊？」

「再來，孫日奇和這裡沒有關係，妳提醒自己也是妳自己做的。」

「妳完全沒有回答我的問題！」

「我已經回答完畢了。」她不滿地嘟嘴，看著自己的臉嘟嘴的模樣真是奇怪。

「那我進來以後，能得到我要的答案嗎？」

「可以。」女人微笑，攤開了冊子，「寫上妳的願望。」

「可是我沒有要求和孫日奇在一起，這樣也可以寫？」

「我們雖然叫做初戀販賣所，可是並不是真的泛指初戀，否則妳怎麼能一直進來呢？」

「那不算吧，那是一場夢。」

女人勾起清淺的微笑，「『戀』這個字有許多意思，留念不忘、捨不得、在乎等等都是，不單就是戀愛層面，也就是說，只要妳有念，都可以來到這裡。」

「這麼說的話，不就人人都可以進來？為什麼我朋友進不來？」

「我們也是會挑客人的。」她理直氣壯地回。

「還有這種喔。那這樣的話，也有男生進來嗎？」

「我說了，我們可以挑客人。」

「這個地方到底是哪裡？」

「妳祈求願望的時候，可沒有想知道我們是哪裡。現在要找尋答案的時候，反而好奇我們是哪裡了嗎？」

聽到她的話讓我語塞，見我如此，她又笑了笑。

「不用探究這是哪裡，我們就是一個幫助迷惘的人們尋找自己想要的東西的地方。」她打開了冊子。「只是大多時候，就連你們都不知道自己想要什麼。」

「我只是想知道孫日奇和初戀販賣所的關係。」

「那就寫下來吧。」她再次比了冊子，見我猶豫便說：「以前的妳可是沒想什麼就寫上了，是現在變得謹慎了，還是妳沒那麼想知道答案？」

「我不確定寫下去後會不會又讓我後悔，我求了溫一凡的事情，結果造就他一輩子對我執著。」

「我們實現了妳的願望，妳不能因為自己無法回報相同的心意而責備我們。」女人搖頭，「所以說，願望都是自私的，誰能許下一個無私的願望呢？」

「我沒有想到……那麼深。」我覺得相當羞愧。

「所以這一次，好好寫。」她將冊子往前推。

我拿起筆，還是寫下了我和孫日奇的名字，接著寫上「我想知道那一年發生什麼事情。」

把冊子交還給她後，女人似乎毫不意外我寫的內容。

「妳這次會拿走什麼？」

「我這次會拿走記憶。」

「記憶？」我看見字體發光，周遭出現一些淡淡的黑影。

「記住，妳無法改變任何已經發生的事情。」她的身影變得透明，而那些黑影變得清晰。

「妳說的是什麼意……」她消失了，就在我眨眼的須臾之間，眼前變成一個阿姨。

「同學，妳要買什麼？」

「咦？」我往後退，卻撞到了後面的人。

「哎唷！」回過頭，是一個穿著制服的女生。「小心一點啦！」

「對、對不起！」我不明所以地離開櫃檯，後面有一串學生排隊等著結帳。

我看著四周，就像是以前高中的合作社日常一般，接著我低頭看了自己的身上，居然穿著高中制服。

「怎麼會這樣！」我大叫，合作社的人都朝我看過來，露出奇怪的表情。

我立刻摀住嘴，馬上往外面跑去。

走廊學生熙熙攘攘，有同學在中庭聊天、有同學在操場打球，廣播傳來主任的聲音，而我則跑到訓導處前方的公布欄，那裡清楚地寫著這學期有什麼重要活動以及其他注意事項，但我看著的是日期。

「我的天啊……」

我摸著自己的臉頰，卻摸見了長髮，我驚訝地抓住自己的髮尾。

我轉過頭，看著這所承載我三年……不對，是兩年的高中。

我回到了，我的高中二年級，那記憶遺失的一年。

是因為我說想知道和孫日奇發生什麼事情，所以才讓我回來嗎？

這也太誇張了吧，難道就不能直接告訴我，或是讓我看就好嗎？

親自送我回來，這樣我是要再重新過一次人生嗎？

還有頭髮這件事情也很令我驚訝，不是已經被拿走了嗎？怎麼會這樣？難道在這一年內我的頭髮還在，是等我在高三「醒」來以後才變短髮嗎？

所以現在還沒實現願望？不可能呀！

忽然我僵住，這樣回來，不就表示我還會再見到溫一凡？

這一次我可以改變嗎？我能夠讓他不對我執著嗎？

如果已經回到了過去，那是不是我能避免掉很多傷害？

想到這裡，我就覺得精神抖擻，立刻往教室飛奔。

明明才畢業快四年，但是現在卻覺得高中校園與教室都好陌生，好像是好久好久以前的回憶，但此刻卻又真實地踩在我的腳下。

我急忙來到教室，從前每天的光景如今卻恍如隔世，看著熟悉的同學們在教室的模樣，我的眼淚忍不住充滿眼眶。

「擋在這裡做什麼？」熟悉的聲音從我後方傳來，我回過頭，這次眼淚直接掉下來，「孫日奇！」

我不知道自己在激動什麼，或許是對於初戀販賣所的威力感到太不可思議，又或許是再次見到孫日奇比我想像中還要開心，更甚至是重回高中生活這件事情帶來的震撼。

孫日奇見到我掉眼淚，露出了吃驚的模樣，「戀雨莛，妳幹嘛哭啦？」他喊了我的名字，在這個瞬間我才忽然意識到，孫日奇已經很久很久很久沒有喊過我的名字，甚至連寫給我的明信片上都沒有抬頭。

結果想到這一點，我忽然又感性大爆發，我不知道為什麼現在會對孫日奇情緒這麼敏感。

「哇，雨莛妳怎麼了？」宋雯雯也出現了，在原本的時間線裡面和我好久不見的宋雯雯，現在是每天都可以見到的朋友。

「哇！」我又哭著抱住了她。

「她怎麼了？」宋雯雯有些嚇到，慌張地不知道該怎麼辦。

「我不知道喔！我可沒有惹她，她不知道怎麼了。」孫日奇雙手舉空中投降。

因為我的情緒太激動了，所以宋雯雯帶我去保健室休息一下，等待我的情緒平復再回去上課。

「好一點了嗎？」宋雯雯在走廊裝了熱水給我。

「嗯，對不起，嚇到妳們了。」我看著在整理備品的護理師，她也是好久不見。

「不會啦，但妳是怎麼了呢？」

宋雯雯說過，我是在高二的時候和她變得更好，進展到超級好朋友的位置。所以此刻的她和我還只算是比較有往來的同班朋友。

但無論我們的交情如何，人的本質是不會改變的，所以我決定把一切都告訴她，多個人一起找答案會更好。

但是當我開始講起初戀販賣所的事情，以及消失的一年記憶，還有我們現實生活中的事情，甚至是她喜歡孫日奇告白被拒絕，還有因此未來遇到另一半並且在大學就懷孕等事情全部講出來。

「很神奇對不對？」一口氣說完後我看著她，可是宋雯雯的眼光卻呆滯，看起來像在發呆。

「宋雯雯？」

「咦？啊？抱歉，妳剛才說什麼？」

「天啊，妳沒在聽？我是說我跟初戀販賣所許願……」但就在我開始講後，宋雯雯的雙眼就變得無神失焦，我的手在她眼前揮，但是卻毫無作用。

已經發生的事情不能改變。

在販賣所中，女人說過的話忽然在我腦中出現。

我這個瞬間意識到，我並不是真的回到過去，只是回到了那一年。

而這一年，對現實生活來說，是已經發生的過去，所以我沒辦法改變任何事情，我只能讓事情發展到原本世界有的一切。

所以，初戀販賣所確實實現了我的願望，她帶我回來看這一年，讓我親身走過。而這時候我才明白，為什麼她的代價是記憶，因為我確實在過去失去了這一年的記憶。

隨著宋雯雯過去所說過的，這一年的我是我，但卻又不像是我，很像一個比較成熟的靈魂。我多少感到寬慰，好在大學的我和高中的我相比還是有所成長。

「我今天好像有點恍神，妳剛才說什麼？」眼前的宋雯雯有些抱歉。

「沒什麼。」我只能這麼說。

時間並沒有飛快地進行，還是每天每天的慢慢過，但對我來說並不會覺得痛苦，因為過去的我的確失去了這一年。

能在大學時候再次回味高中生活，這是多奇蹟般的經歷。

唯一比較痛苦的就是每天都要一大早起床，但或許是更加年輕的身體的關係，讓我也能輕鬆面對。

而神奇的是，當我和宋雯雯在女兒牆邊看著溫一凡打球時，過往的悸動都消失了。

也許是我們真切交往過，也許是我已經知道結局，所以溫一凡對我來說，已經是過去的人了。

但是要再正視一次與他逐漸變得親密的過程，還是讓我有些難過。如果可以，我真的希望能夠改變我跟他的關係。

我不確定自己和宋雯雯是怎麼變得要好的，而回來的這幾個月，我和孫日奇也都很一般地相處，就這樣隨波逐流的每天起床、吃飯，其實也有些渾渾噩噩，沒有目標。

不過大概在秋天逐漸寒意加重的時候，發生了一點變化。

那是一個週末，那一天關新洛又來我們家玩了，而這一次還帶了女朋友來，可是我對這個女生沒有印象，我記得高三時關新洛說分手的女友交往了要一年，所以這樣算一下的話，這個女生和他應該沒多久就會分手了。

「妹妹，我們來玩囉。」關新洛對我打招呼，而他女友見到我時明顯頓了下，但很快就恢復笑容。

「嗨～」她簡單地打招呼，我也點頭。

「新洛哥，你怎麼又跑來我們家？」

「哇，我很少來吧！妹妹這是趕客人嗎？」關新洛露出傷心的表情。喔，我不小心把未來的次數也都算進去了。

「沒事沒事，我開玩笑的啦。」我拍拍關新洛的肩膀。「我要出去買飲料，你們要喝點什麼嗎？」

「我要最貴的。」不要臉的哥哥說。

「買最便宜的給你。」我白眼。

「哈哈哈，小氣的妹妹！」

「不要欺負你妹啦，我多希望有個妹妹來疼，結果我只有一堆弟弟。」關新洛邊說邊把我往他身後拉，我也故意借此對哥哥吐舌頭。

「有沒有看到，人家新洛哥多疼我。」

「那個，我跟妳一起去買好了。」關新洛的女友忽然開口，雖然我覺得自己去比較好，但想著她也許想在關新洺面前表現自己體貼的一面，所以也就不拒絕了。

我們一起往飲料店的方向走去，誰知道她馬上變了一個人似的，收起笑容不說，連人也變得高姿態。

「喂，妹妹，妳跟新洺認識多久了？」語氣也很沒禮貌，我真是大傻眼。

「哥哥和他認識多久，我就認識多久啊。」這不是廢話嗎？

「妳不要想太多，新洺對誰都很溫柔，他說妳是妹妹就是妹妹，知道嗎？」

我的天喔，她把我當成情敵嗎？為什麼？

難道是剛才關新洺對我的關心？這也太誇張了吧，有沒有這麼小心眼？

雖然我的外表是高二學生，但我的內心已經是大四了，眼前這個高三女比我年紀還要小勒！

「姐姐才是呢，都高三了還談戀愛，要小心功課喔。」我忍不住回擊，這讓眼前的女孩臉一陣青一陣白。

「妳……」她似乎作勢要靠過來，但是忽然有個戴著鴨舌帽的男生擋到我面前。

「誰啊，這個人？」居然是孫日奇。

「你怎麼會在這？」我問。

「我出來買飲料，等等和溫一凡要去打球。」孫日奇轉頭看我，又看了眼前的女生，「她誰？在欺負妳？」

「誰欺負誰啦！」她因為覺得沒有面子，惱羞成怒地離開了。

但是她離開也是會先回我家吧？不尷尬嗎？

「她是我哥朋友的女友，來我們家玩，結果懷疑我喜歡她男友，剛剛在警告我。」我聳肩，而孫日奇驚訝連連。

「沒想到那種偶像劇才會有的找碴片段會發生在妳身上。」孫日奇搖頭，「況且妳不是喜歡溫一凡嗎？」

「啊？我哪有！」我下意識這麼回應，但是馬上發覺不對。

依照正常的時序來講，我「現在」的確是喜歡溫一凡，可是對我來講，我已經沒有喜歡溫一凡了，所以下意識的回應並沒有錯。

況且我也不需要擔心，反正要是影響到歷史發展的話，孫日奇也會像宋雯雯那樣呆呆地恍神，所以我根本不用怕說錯話。

「是嗎？我以為妳喜歡他耶，因為妳很常趴在走廊看他不是嗎？」

沒想到孫日奇沒有呆滯，而是回了我的話，這表示在過去我們就有這樣的對話囉？

「嗯～是很常看到他在樓下打球啦，但是沒有喜歡他，而且我也不是特意要看他，就是待在那裡欣賞風景而已。」我聳肩，說著不算謊言的謊言。

「是喔。」孫日奇露出了奇怪的表情，「那妳現在要幹嘛？」

「我要把飲料拿回家，那個女的好歹也幫忙拿一點吧。」我晃了手中的提袋。

「我要去打球。」

「我知道，你剛才說過了。」

「我還以為妳喜歡溫一凡。」

「怎麼又重複講了一次。」我皺眉。

他拉了一下帽緣，將鴨舌帽往下壓一點，稍微遮住了他的眼睛。

「明天見了。」說完後就跑走了，我完全搞不懂他在做什麼。

回家後，那個女生又恢復了好女孩的笑容與表情，甚至還假仙地馬上跑來玄關幫我拿飲料，說什麼她剛才不舒服所以才急著先回來。

我當下當然順著她，當天晚上馬上跟哥哥告狀，要關新洺離那個女生遠一點比較好。

結果幾天後，就聽見他們分手了，爽！

我發現，要是講一些敏感的字句，像是「我來自未來」、「我跟初戀販賣所許願所以回到過去」等，對方就會處於茫然之中。

但假設我換個方式講，例如「我知道未來會發生某件事情」這種就不會怎樣，可是若對方問「妳怎麼會知道」，而我回「因為我從未來回來的」就不行。

也就是說，其實我還滿自由的，所以即便我可能無法改變未來，但是現階段做任何事情，都還是能出於我個人意識。

所以，我就當作是最後的掙扎，決定把自己和溫一凡的連結降得更低。這樣子，或許未來就不會在一起了，也或許他就不會對我那麼執著了。大概吧。

「不過我已經許願了，照理來講他該開始對我執著了啊，怎麼都沒事發生？」

「什麼許願？」孫日奇拿著飲料站到我旁邊，我哇了好大一聲，「妳那麼大聲做什麼？」

「你有聽到我剛才的話？你沒有茫然失神？」

「妳在講什麼許願的事情啊，是生日嗎？」

「生日？」

「妳生日不是快到了？」

「你怎麼知道我生日？」我驚訝。

「這還好吧，有什麼好奇怪的，全班的生日我都知道。」他邊說邊吸了一大口飲料，結果還真的開始從一號講起，但就算他講錯我也不知道呀！

「好了好了，我知道了。」我舉手制止他，「真不愧是日曆，知道大家的生日日期。」

說完這句話我忽然又一頓，上一次叫他日曆他還跟我生氣，我偷偷看著他，卻發現他露出笑容。

「是啊，很酷吧。」

回了一句不知道什麼意思的話，我也跟著笑。這個時候叫他日曆還沒關係，所以我可以放心。

「我不是在講生日的許願，我是在說我跟一個地方許願。」這樣講不知道可不可以，但孫日奇似乎還在聽，所以我繼續說：「反正就是，許願了應該要實現了，可是現在好像還沒實現。」

「誰說許願就一定會實現了，妳有這麼浪漫喔？」他歪頭。

「不一樣啦，我求的地方一定會實現。」

「聽起來很像什麼恐怖的陰廟耶！」他故意雙手搓著肩膀，我白他一眼。

「我可不怕鬼，所以別想嚇我。」

「我知道妳不怕鬼呀，以前高一班上舉辦講鬼故事大賽，妳聽得很高興耶。」

「你還記得這件事情，這麼關注我喔。」

「對啊。」孫日奇一回完，馬上咳了兩聲，「因為我也很喜歡這種題材，所以才會記得。」

「喔～～」我拉長音，其實我並不覺得尷尬，而是覺得孫日奇的反應很稀奇。

「對了，最近有個殭屍片，妳看過了嗎？」

他一講我就知道是哪部，當時那一年失憶錯過了我一直很扼腕，雖然大學後那一部電影我也租來看過了，可是用大銀幕看還是不一樣。

「我超想看的！但是找不到人跟我去看！」就連哥哥也是膽小鬼。

「那我們一起去看要不要？」

「好啊，順便一起吃飯。」我爽快地回答，這讓孫日奇似乎很意外，但隨即聳肩後笑了。

「早知道我應該更早一點約妳。」

「早一點這電影又還沒上映。」我笑說，而他則些些嘆息，然後又微笑。

「我不是那個意思，不過算了。」

「日曆，講話要講清楚耶！」我笑著還捶了他肩膀一下。

週末，我們在約好的地方見面，孫日奇似乎很早就來了，因為他電影票都買好了。當我要把票錢給他時，他卻說不用。

「吃飯給妳請就好了。」

「先說，如果吃飯超過電影票錢，那就讓我出電影票吧。」我叮嚀。

「妳算得很精耶。但是妳看電影會配爆米花嗎？」

「要要要！還要熱狗！」我雙手比讚，「甜鹹各半！」

「這樣等等還吃得下？」雖然他這麼問，但我們還是往點心的櫃檯走去。

「看電影的胃和正餐的胃是不一樣的。我看你是不懂喔。」我搖搖手指。

就這樣，我們拿著餐點進了影廳，影片開始後，許多人都停下吃東西的嘴，因為血腥無比。

但我跟孫日奇卻照吃不誤，甚至連有點相像的熱狗我都吃光光。

結束後很多人手上都還有一半的食物，只有我們兩個都清空。

「沒想到妳這麼嗜血。」

「那些都是假的呀，特效人員很辛苦耶，況且熱狗很好吃，要趁熱。」

「那要去吃漢堡嗎？」

「好啊！這附近好像有一間很有名的漢堡店。」我講了那間店的名字，而孫日奇也是要去那間沒錯。

「它有名嗎？才新開沒多久，應該沒什麼人知道。」

啊，它是幾年以後變得很有名。看來這點程度的透露未來還是可以的。

我們到了漢堡店，果然沒什麼人，這對我來說就像是意外驚喜一樣。未來這裡可是人滿為患，要吃一餐都不容易。

所以我心滿意足地大口吃下了漢堡，多汁鮮美，連起司都牽絲，讓我一口接一口。

但是我的頭髮卻一直沾到盤子，而且在吃的時候還會不小心咬到。我忘記帶髮圈，只能一直用肩膀撥著頭髮。

「不介意我幫妳綁吧？」忽然孫日奇說。

「啊?頭髮嗎?」雖然有點奇怪,但是頭髮的確很擾人,「拜託你了。」

他站了起來,從口袋拿出髮圈後,以手代梳,輕柔地將我的頭髮往後拉,指尖順過我的髮絲,來回搔癢著我的頭,讓我不自覺縮了一下肩膀。

「會癢嗎?」

「有一點。」我咯咯笑著,這種感覺真奇怪,我一邊吃著漢堡,孫日奇一邊在幫我綁頭髮。

從前方的牆壁上裝飾的鏡子,反射出了我們的身影,還有孫日奇專注看著我的頭髮的模樣。

他將髮圈套入我的頭髮,轉了幾圈後,將我的長髮給綁成了馬尾。有些鬆軟,並不緊實。

忽然間,我有點害羞。

「你、你很會綁女生的頭髮耶,是綁過幾個女朋友啊?」為了掩飾我的害羞,我乾笑著這樣問。

「沒有。」他回到前面的座位,認真看著我,「我只是有妹妹,從小就會幫她綁頭髮。」

「沒想到你還是好哥哥呢。」

孫日奇聳肩，拿起了漢堡也咬了一口，「真的很好吃呢。」

「對吧！我可以再吃第二個！」

「這麼厲害？一般女生不是都不會在男生面前大口吃漢堡嗎？」

如果是高中的我可能也會這樣，但是大學時期的我已經不會了，我也不知道為什麼短短幾年，我的少女矜持就完全消失了。

「我又不是一般女生。」所以我也只能聳肩這麼回。「對了，你有打算大學念哪裡嗎？」

因為好奇為什麼未來的他會去英國，所以我便乘機問他的想法。

「還有一年呢～那麼早想幹什麼？」

「好奇呀，那你會想出國念書嗎？」

「出國？才不要呢，人生地不熟的，留在台灣不就好了。」

咦？但這跟他未來的選擇有所出入耶。

「我還以為你會想出國。」

「我爸媽是有建議過啦，但我意願很低，所以他們也不會勉強。怎麼了，那妳又要念哪裡？」

我跟他講了自己未來的大學和系所，自信滿滿，畢竟我真的就是念那裡。

「妳有喜歡什麼小說嗎？」

「絕對是《哈利波特》！小說的文字超級魔幻，我完全沒想到有人可以想出那樣的劇情，為什麼想得出魁地奇那樣的運動？真想知道作者的腦子在想什麼！」我讚聲連連，孫日奇一邊點頭。

「我也有看，我一直在想如果有分類帽的話，我會分到哪個地方去。」

「我一定是葛來分多！」

「那我也是。」

「為什麼？」

「我跟妳同班，妳是葛來分多，那我就也是。」孫日奇說得有道理。

「但我覺得宋雯雯應該是赫夫帕夫。」

「有像有像。」孫日奇摸了下巴，「溫一凡是史萊哲林。」

「我以為他會是雷文克勞耶！」

「不不不，別看他那樣，他腹黑得很，妳瞧他對待親衛隊的態度就知道了吧。」

「是這樣嗎？我是沒看過他理會那些人啦，不過也沒想到他是腹黑。」況且在和他交往多年來的經驗，我並不覺得他腹黑。

「妳會對他幻滅嗎？」他小心地問。

「不會呀，為什麼幻滅？」畢竟我和溫一凡在一起很久的時間，更多自然的一面都看過。

「因為他是校草啊。」

「校草也是人呀！而且我對他又沒有抱持什麼期望，所以也不會有幻滅的問題啦。」

見到我這麼說，孫日奇再次微笑了下。

「戀雨莛，我好像今天才更加認識妳一樣。」

正確來說，是認識未來的我，不過也都是我。

「但我沒有感覺多認識你耶。」我調侃著，孫日奇挑眉。

「怎麼會呢？有什麼事情妳都儘管問，我都會回答。」

「你對英國有什麼印象？」

「哈利波特的家。」

我原先要問的是，他未來去英國的可能性，可是當他這麼說時，我張大嘴，拍著手說：「對！就是哈利波特的家！」我怎麼都沒想到這個簡單的事情呀，還虧我是哈利波特粉絲呢。

「怎樣？妳想去英國玩？」

「以後有機會當然想去，去朝聖一下各大景點！」我雙手交握，要是能親眼看見，那該多好。

「呵呵，有機會一定要去的。」孫日奇笑著，夾了條薯條放到嘴裡。

而我在這個瞬間，忽然理解到了一件事情。

我在此刻告訴他我對《哈利波特》的愛好，甚至說了想要朝聖拍片景點，所以在未來，他才會拍照片給我。

我不禁感動萬分，沒想到這麼多年，他還會記得我在這間漢堡店隨口一提的夢想，而且還為了我這位朋友如此貼心。

「孫日奇，你真是一個好人，很為朋友著想。」

「因為綁頭髮嗎？我可不會隨便對人這麼做。」

「我當然知道。」我說，但我講的是照片，可惜沒辦法跟他坦白。

我想，或許在這失去的一年中，我和他也跟宋雯雯一樣變得很要好，只是我忘記了，所以他才會為我那麼做。

等我回去未來後，一定要想辦法找出孫日奇，然後親自跟他道謝，並把一切都告訴他。

「孫日奇在嗎？」

毫無心理準備地，就這樣和溫一凡再次相遇。

他來教室找孫日奇，理所當然叫了坐在窗邊的我幫忙。

我朝裡頭大喊：「日曆～外找～」然後就趕快低下頭，要盡量和他少接觸！

「溫一凡，又來找我做什麼？」孫日奇經過我身邊時，居然順手摸了一下我的頭髮，這讓我嚇一跳，還抬頭看他。

溫一凡瞥了一下剛才孫日奇的手勢，又看了一下教室裡頭，然後拿出電影票。「要問你看不看電影，我有票，給你。」

「哇，很讚耶。」孫日奇接過電影票，然後轉過來問我：「這個看不看？」

我看了一下電影名稱，居然也是我想看的殭屍片，立刻大大點頭。

「要要要！」但一講完我馬上停滯，「不過這應該是他要約你看的吧？」

「我沒有，我不看鬼片。」溫一凡回答我，瞬間我的內心有些酸楚，這時候的我們，都還沒喜歡上彼此，也還沒在一起，更沒有以後的分手，可是卻讓我如此心酸。

「就說了，殭屍片和鬼片是不一樣的東西，你不要歸為一類。」孫日奇糾正他，「我們一起去看吧？」然後又轉過來問我。

「當然好。」

溫一凡又看了一眼我後面，然後說：「我和你們一起去吧。」

「什麼，你不是說不看？而且票只有兩張。」孫日奇傻眼。

「對啊，我不看，但是我要一起去。」溫一凡說著奇怪的話。

「你還真怪，但你如果要去的話也行。」孫日奇轉過頭用嘴型跟我小聲說：「畢竟票是他給的。」

我也同意，飲水思源嘛！

所以，詭異的三人之約就這樣定下了。

想到這裡，我忽然靈光一閃地回頭看了宋雯雯一眼，她正低著頭看書，奇怪了，她並不是會下課看書的人。

但是我想起她原本跟我說過的，關於我和溫一凡以及孫日奇在消失的那一年時常三人一起出去的事情，該不會就是現在這樣吧？

感覺有點詭異呢，雖然早就知道未來一定會發生，也知道我無法改變什麼，但是當我所經歷的一切正逐漸發展成未來該有的樣子時，還是不禁覺得有些後怕。

這一次約的電影院，和以前第一次與溫一凡看電影的場地相同，有種舊地重遊但是人事已非的惆悵感，雖然時序不太一樣，但總是小小感傷。

溫一凡和孫日奇都已經到了，兩個人站在一起的畫面真是好看，仔細想想，孫日奇也有個不輸給溫一凡的帥氣外表，為什麼高中的時候，孫日奇沒有溫一凡受歡迎呢？

還是說，是因為我心靈年紀不同了，所以才更能欣賞到孫日奇的好？

「喔，戀雨莛，這邊！」孫日奇發現我，舉手揮著。

「嘿，你真厲害，我還離這麼遠你就看見我了。」

「是啊，妳很顯眼。」孫日奇說。

「看來黃色洋裝果然很明顯。」我說，孫日奇揉了揉鼻子，聳聳肩。

「你們看電影的時候，我去旁邊的書店逛。」溫一凡說。

「我們看電影你要去逛，那你不如等我們看完再過來，不然一個人等多無聊。」孫日奇的話很有道理，但是溫一凡卻沒有回答。

我感受到周遭女生傳來羨慕又嫉妒的眼光，以前的我會害怕這樣的目光，但是此刻的我卻有點優越與竊喜。

畢竟，和帥哥們站在一起，感覺挺好的呀！

這一次和孫日奇看殭屍片的觀影體驗依然很好，除了影片本身有趣外，就是孫日奇是真的很投入在電影劇情裡頭，看電影時也不會一直說話，靜靜沉浸在其中，對我來說，真是絕佳的影片夥伴。

而且，爆米花依舊是半甜半鹹，我們兩個人都很有默契地將份量吃得剛剛好，當然熱狗堡也是不能少的。

結束後我們一邊熱切討論電影內容，一邊前往和溫一凡約定的地點。他似乎買了一本書，站在我們約好的餐廳外等著。

「你們看起來就像一對情侶。」他見到我們時，第一句話是這麼說的。

「白痴喔。」孫日奇回應。

他看起來有些害羞，而我則是笑了笑不回應。

來到了餐廳裡頭，我點了辣的湯麵，而溫一凡則選了清淡的口味，孫日奇選了店內推薦。

「等等吃完要做什麼嗎？」我隨口問著，這一次我可是有帶髮圈了，所以我將頭髮綁起，放心吃麵。

「我沒有計畫。」溫一凡說。

「不然去旁邊的商場走走如何？」孫日奇說，伸手將我落下的幾根細髮捋到我的耳後。

「謝謝。」我的耳朵因為被他指尖輕微的碰觸而有些發癢，「看來我頭髮綁得沒有你好。」

孫日奇只是笑笑，然後繼續吃著他的麵。

溫一凡盯著我們看了一會兒，然後說：「就去走走吧。」

「好～」我也同意。

這頓飯吃得還算愉快，溫一凡和孫日奇兩人很有話聊，我也適時會插入對話，從他們的對話中可以明白，他們的感情還算不錯，那就不明白他們之後到底怎麼了，或許男人的友誼也跟女人一樣，有很多眉眉角角吧。

途中，孫日奇去了廁所離開座位，我和溫一凡陷入小小的沉默。雖然我和他非常熟悉，但現在是還沒發生的過去，況且依照我的立場，好像也沒有什麼話能和他聊。

「妳喜歡孫日奇嗎？」結果，沒想到溫一凡主動開口，還問了這個問題。

這讓我訝異非常，因為在未來，他一點這樣的疑問都沒有過，甚至也沒有把孫日奇當情敵過，怎麼會現在這樣問呢？

「當然沒有！」我想也不想，立刻反駁。

他盯著我的眼睛看了好一陣子，確認我真的沒有別的想法後，才鬆了口氣扯了嘴角。

我見到他這樣，不免懷疑他詢問的用意，可是我卻不太敢開口。

「啊，我沒有別的意思，這樣問很失禮，但我慶幸還好妳沒有喜歡他。」

我深吸一口氣，「我可以問為什麼嗎？」

反正若是會影響到未來的話，初戀販賣所也不會任他發生，所以我有什麼好不敢問的呢。

「因為宋雯雯喜歡孫日奇。」

然而答案卻出乎我意料，我知道她喜歡孫日奇，但是回來以後卻忘了。可是此刻我不是訝異忘記這件事情，而是溫一凡怎麼會知道？

「她表現得有很明顯嗎？」溫一凡和宋雯雯甚至都沒講過半句話。

「她表現得不明顯，只是在我眼裡很明顯。」溫一凡看似漫不經心地說，但我卻聽出來了意思。

「如果我誤會了很抱歉，但是你……難道……」

「我跟宋雯雯國中同一間補習班過，但是她好像不記得我。」溫一凡微笑，「我也沒有想和她怎麼發展，只要她快樂就好，所以我希望她可以和喜歡的人在一起。」

「她喜歡孫日奇未來也不會跟他在一起，她會大學就懷孕和相愛的人結婚，所以你根本不需要煩惱這個！」我忍不住大吼，但果不其然，溫一凡露出了茫然的表情。

「你喜歡她，為什麼還要跟我交往？為什麼未來你什麼也都沒說過！」我繼續大叫，但是不只溫一凡，連周遭的人都像是進入一種恍神的境界，每個人的動作都變慢，靜悄悄的。

我的眼淚頓時盈眶，哇啦啦地大哭著，就連我在哭的時候，世界也停了下來。

等我恢復情緒，擦乾眼淚後，其他人才又開始動作。

「你對自己太沒自信了吧，如果你追求她，說不定有機會。」我說著，但我知道溫一凡不會追求她，因為未來並沒有這件事情。

「如果和我在一起，她可能會被別的女生欺負，我的粉絲裡面有一些很誇張的人。」

那我被欺負就沒關係？雖然我也沒被真的欺負就是了。

「但你也可以保護她。」

「我不想冒險。」他說著，可以感覺到他的真心。

「即便她喜歡孫日奇，孫日奇也不見得會喜歡她。」

「但至少孫日奇沒有交往的對象，既然沒有，那宋雯雯就還有機會。」溫一凡天真地說。「所以我才問妳有沒有喜歡孫日奇。」

「我當然沒有。」我再次否認，未來，也不過就是明年，我甚至連在班上都跟孫日奇沒有什麼交集了。

欸？為什麼我們現在關係還算不錯，未來卻沒有交集？即便我失去記憶，孫日奇應該也會找我說話才是啊。

「那就夠了。」溫一凡滿意地微笑，這時候孫日奇剛好回到座位上。

「你們在聊什麼？」

「聊一些愛情話題。」我說，而溫一凡一愣，隨即大笑。

「對，愛情話題。」

「能把溫一凡逗笑，戀雨莛，真有妳的。」孫日奇由衷佩服。

於是那次之後，我們有時就會三個人一起出去玩，但大多時候都是我和孫日奇參與同個活動，溫一凡找附近的景點，等時間到了再一起吃飯。

我好奇，溫一凡為什麼要這麼做，但卻一直忘記問。

直到有一天，宋雯雯主動找我吃午餐，我才驚覺時間已經過去半年。

「大家都說你們最近很常在一起。」宋雯雯一邊吃著合作社買來的便當，一邊看我臉色似地說話，「我是說校草。」

「還有日曆呀！別忽略日曆！」我趕緊說。

「喔，對，還有孫日奇。」她喝了口飲料，看起來有些彆扭，「那個，妳和其中一個人在交往嗎？」

「啊？沒有！當然沒有！」我再次澄清。

但說實話，和孫日奇一起玩比我想像中快樂很多，而與溫一凡沒有交往的相處也十分自在，我相當享受這段時光。

「喔……」她的臉頰透起一抹紅，我忽然理解到，好像就是現在了。

「宋雯雯，妳喜歡日曆對吧？」

「咦！」她的臉頓時像熟透的蘋果一般紅起，「妳怎麼會……難道孫日奇也……」

「喔，不，他不知道！」我說，宋雯雯鬆一口氣，「但是溫一凡知道，他喜歡妳，但是不敢追求妳。」

我說，但是宋雯雯的臉又陷入茫然，原來這句不能講啊。所以宋雯雯一直不知道溫一凡喜歡她？

「妳快點跟孫日奇告白，但是告白以後會被拒絕，妳會度過一段很傷心的歲月，但也會因此遇到真命天子！」我又這麼說，可是她依然像沒靈魂了一般，所以我也不能這樣講？

「嗯，我覺得妳可以跟孫日奇告白。」

「咦！我不敢！」

喔？這就可以講？

「我一定會被拒絕的。」

「是啊，一定。」又茫然！「也不一定啊，結果怎麼樣，總是要試了才會知道。」

「可是……難道孫日奇有透露任何他喜歡我的意思嗎？」

「是沒有。」這句也不行？「我不知道，我們不太會聊這個，還是要我去打聽？」

「不要！打聽太明顯了。」宋雯雯咬著唇，「其實我原本以為，孫日奇喜歡妳。」

「喜歡我？怎麼可能！」我忍不住哈哈大笑，「我跟他只是比較合得來，絕對沒有喜歡的情分在。」

「是這樣嗎？」

「當然！」

「那我就放心了！」她露出笑容。「有人可以說出口真好，其實我一直想和妳更親近一點，可是總覺得妳很難靠近。」

「不會啊，我想和妳變成好朋友喔！」我說，原來我們就是從這時候開始要好。

「至於和孫日奇告白這件事情，我真的有在考慮，只是要再給我一點時間。」

「還是乾脆就算了？」我的話讓她再度陷入茫然之中，於是我只能改成「嗯，妳一定可以的。」任憑內心隱隱作痛著。

是因為我知道她一定會被拒絕，而我此刻卻還要笑著說謊呢？還是因為對孫日奇的事情我沒有老實說呢？

我已經是大學生了，我內心早就成熟到不會對一個人有好感還不知道。和孫日奇的相處很愉快，確實形成一種好感，但要因此說這就是喜歡的話，又言之過早。

為了讓事情別發展到那，我決定開始減少和孫日奇外出，畢竟宋雯雯都決定要告白了，還是讓事情單純一點好。

在那之後，我便會頻繁找宋雯雯聊天，一方面是為了讓宋雯雯成為孫日奇來找我說話時的擋箭牌，另外一方面便是也想和宋雯雯好好聊聊。

我發現雖然不能和她說關於未來的事情，但是宋雯雯的未來科系和學校那些，還是能多少提點一點。

有時候，我也會和她聊到彩妝的趨勢與走向，還有哪些未來會爆紅但現在還名不見經傳的咖啡廳。

最有趣的，大概就是某些明星現在還沒被證實的八卦吧。

這讓宋雯雯聽得津津有味，讓我們加速友好的秘訣，竟是別人的閒話。

「妳最近和宋雯雯很要好。」打掃的時候，溫一凡來到我的所屬區域，也就是圖書館跟我說話。

「你這麼注意我喔？」我調侃著，但他只是聳肩，他注意的是宋雯雯。

「她準備要跟孫日奇告白了嗎？」

「哇，你是不是有安裝竊聽器在我們這裡啊？不然怎麼會知道？」

「我看她最近看孫日奇的表情不太一樣了，加上妳最近也不太和孫日奇外出了。」

「頭腦好的人好可怕！」我驚呼。

「所以說，是妳慫恿她告白的嗎？」

「不要說慫恿，可以說是鼓勵。」未來勢必會那樣發展，我只能這麼做，況且我知道很久以後的宋雯雯會很幸福，所以這些都只是過程。

「她會被拒絕。」

「是沒錯，但是……」話都沒說完，溫一凡又是一臉茫然，吼，真是受不了。「我是說，那也不一定，沒告白誰也不知道結果不是嗎？」

「妳說的也對。」

「要是他們真的交往，難道你不會難過？」

「我說過只要她能和喜歡的人在一起，那就夠了。」

「你真是特別，通常人都會想和喜歡的人交往，有些人甚至為了打擊情敵不擇手段。」

「妳會是那樣的人嗎？」

「我當然不是。」我用力搖頭，「我全力支持宋雯雯告白，如果他們能在一起就太好了。」

「嗯，我也這樣覺得。」溫一凡點頭，掛起了溫和的微笑。

嗯，沒想到他會這麼喜歡宋雯雯，這麼深的感情，他怎麼能隱藏得那麼好。

當我回去教室的時候，見到宋雯雯正在和孫日奇聊天，我的心一陣緊縮，孫日奇正好轉過頭來，我下意識地躲起來。

笨蛋啊我，為什麼要躲起來？但是我下意識的反應就是這個。

「戀雨莛，妳在做什麼？」孫日奇探出頭來，讓我哇地叫了一聲。

「日曆，你幹嘛過來？」

「我看到妳躲起來。」他伸手摸了一下我的髮尾，「妳最近是不是很忙？」

「要高三了，當然很忙，你成績也很差耶，還不認真念書？」我說。

「我現在已經很認真了啊。」他把玩著我的髮尾，而我皺眉，覺得自己分岔很多。

「你還可以更認真，至少要跟溫一凡一樣吧。」因為我知道高三的孫日奇有如黑馬之姿奔騰甚至超越我，所以我會用溫一凡舉例。

可是孫日奇卻有些不悅，「妳覺得溫一凡那樣比較好嗎？」

「學業方面的話。」哎唷，為什麼一直摸我的頭髮，宋雯雯在看了啦。

「我知道了。」孫日奇鬆手，露出了微笑，「我前兩天看見網路有人分享在英國朝聖《哈利波特》的拍攝景點。」

「真的假的？你把網頁Mail給我。」

「嗯，真的很漂亮。」孫日奇揉了揉鼻子，「如果有一天……」

「嗯？」

「……算了，沒事，我再寄給妳。」他沒把話說完，就進去了教室。

而後我也跟著進去教室，宋雯雯跑過來握住我的手，「雨莛，我打算要告白了。」

「真的假的！」

「對，就快要放暑假了，我得趁現在告白。要是順利交往，還能在暑假見面一起出去玩。但要是被拒絕，至少有兩個月讓我平復心情，怎樣算現在都是最好的時機。」

聽到她這麼說，我才發現時間已經到了現在，算一算，過了暑假後，距離溫一凡跟我告白的日子也就要到了。

頓時我充滿疑惑，最近並沒有什麼事情發生，溫一凡也依舊在喜歡宋雯雯，那為什麼，他會跟我告白？

隨著宋雯雯預計告白的日子越來越近，我則更加和孫日奇保持距離，連在學校也盡量不要跟他說話。

而就在某天，宋雯雯把他叫出去了，班上的人當然不知道發生什麼事情，也沒注意到他們的離開，但是我知道。

我的心跳好快，即便我知道結局了，但還是緊張到有些發抖。

幾分鐘後，他們回來了，宋雯雯的臉上掛著笑容，但是看得出來十分勉強，而孫日奇的臉色也沒有好看到哪去，甚至有點在生氣的模樣。

「戀雨莛，妳跟我過來一下。」

「我現在要去找老師。」我立刻把全班的筆記本收集好，這次是真的有事情。

孫日奇瞄了一下作業簿，也沒勉強我，走回他自己的位子。

喔，不知道為什麼，我覺得好尷尬。

於是，我決定順便繞到溫一凡的教室告訴他這件事情。反正如果不能講，我再離開就好。

而事實證明，這是可以講的。

溫一凡對於宋雯雯會告白的事情早就有心理準備，「孫日奇回什麼？」

「拒絕了。」不需要經由他們說，我也知道答案。

「嗯，我想也是。」溫一凡嘆氣，「不過至少從今天開始，孫日奇會在意宋雯雯了。」

我不覺得孫日奇會因此在意宋雯雯，因為在未來的日子，他們依舊只是朋友。

後來幾天，我都躲著孫日奇，盡量不要跟他單獨相處。且為了安慰失戀的宋雯雯，我每節下課都跟她膩在一起，這樣孫日奇也不會過來找我。

就這樣暑假過去了，我和宋雯雯見面好幾次，也去了很多地方玩，期間溫一凡還難得地打電話問我宋雯雯的狀況。

然後，就這樣開學了，我依然躲著孫日奇。

某日，溫一凡來教室找孫日奇，但孫日奇正好不在，他偷瞥了一眼宋雯雯。

「過了一個暑假好多了。」溫一凡把玩著手上的一顆糖果，「我有次看見她在哭。」

我正想問誰，但卻忽然想到他說的是宋雯雯，想起了過去的她也提起過這件事情。

「你安慰她了嗎？」

「嗯。」

「即便那樣，你也沒有和她告白？」

「我不會跟她告白。」他又捏了一下那顆糖果，「這是她送我的，說感謝我的安慰。」

原來宋雯雯說過的小謝禮就是這顆糖。

「你不吃掉嗎？」

「不。」他把這顆糖當寶貝似的，掛起了微笑將糖果放到胸前的口袋。

他欣慰一笑，「我們這禮拜的體育課好像要跟你們一起上。」忽然溫一凡這麼說。

就是那一天，他會跟我告白，可是為什麼？

「你那一天有要幹嘛嗎？」

「什麼？哪一天？」

「就是體育課那一天。」

「不就上課嗎？」他一臉我在問什麼的表情，是啊，我在問什麼啊。

「沒事，我先走了。」

一切只能等到那一天，才會知道了。

而也在同一天下午，原本總是精巧地躲著孫日奇的我卻不小心大意了，就在我和宋雯雯從廁所出來時，遇到了體育老師，他要我到體育館幫他拿忘記的碼錶。

「為什麼！我又不是體育小老師。」我怪叫著。「而且現在是掃地時間耶！」

「喔，還敢有意見啊，那上次妳排球只差兩下過關的成績，老師也需要考慮一下囉。」

「抱歉，老師，我馬上去拿。」

宋雯雯提議要陪我一起去，但我擺擺手說不用了，她現在看起來如風中殘燭一樣，還是早點回去教室休息吧。

我一個人來到體育館，體育老師說碼錶放在看台邊，一走過去馬上就找到，不過當我拿起碼錶準備離開時，體育館的門又被打開，是孫日奇。

「我的天啊！」我驚呼，孫日奇似乎是特別過來找我的，他朝我走來，我下意識地趕緊轉頭就跑。

「妳跑什麼啊，戀雨莛！」天喔，他追了上來！

「那你不要追我啊！」

「我不追妳，妳就一直逃啊！」孫日奇加快速度，瞬間就抓住我的肩膀，轉到我的面前，「妳為什麼一直躲我？」

「我、我哪有！」我結巴什麼啊！

「是因為宋雯雯嗎？她就是妳躲我的理由？」

「天啊！不是！不對，也不能說不是，但是不是因為那樣！」我知道孫日奇的意思，是不是因為宋雯雯喜歡他所以我才躲他，沒錯，是這樣子，但是並不是孫日奇講的那種意思，不是因為宋雯雯喜歡他，我才躲他，聽起來意思都一樣，但是心情不一樣！

「我等了一個暑假，要是這種感覺淡了，那就算了，所以我忍了一個暑假。」孫日奇看著我，那雙眼像是把我牢牢綁住了一般，我無法動彈。

「戀雨莛……」他輕喚我的名字，伸手摸著我的頭髮，天啊，不要再這樣摸我的頭髮了，也不要這樣看我，更不要這樣喊我的名字。

「日曆，你不要亂碰我！」我想掙脫，也想大聲斥責他，可是出來的聲音卻好小，就連我想像中用力推他的手，也輕得像蚊子力道一般。

「我喜歡妳喊我日曆。」他靠向我，拉起我的髮尾，輕輕親吻，「我喜歡妳的長髮。」然後他抬頭看著我，「我喜歡當妳說《哈利波特》時的神采飛揚。」

「你……」

「我喜歡妳，戀雨莛。」

我倒抽一口氣，看著眼前的孫日奇，他喜歡我？他喜歡我？我思緒好亂，但是他不給我思考的時間。

「我知道妳也喜歡我，妳才會為了宋雯雯躲我。」

我喜歡他？我有喜歡孫日奇？我只是有好感，並不到喜歡，所以我不是煞車了嗎？我停下來了，不再和你出去了！

「我、我沒……」

「我希望有一天，在很久以後，我們能一起去英國，像其他人一樣，朝聖《哈利波特》拍攝景點。」

我的心臟瞬間一緊，我想起了那個包裹，那裡頭的照片，還有那明信片上的字句。

我信守承諾。

但妳大概不記得了。

我掉下眼淚，這瞬間我才明白初戀販賣所為什麼這次拿走記憶，溫一凡那次的許願拿走長髮，因為這兩樣都代表著孫日奇，代表我和他的這段回憶。可是在未來，我們什麼交集也不會有，我會忘記一切，和溫一凡交往，而他會離開台灣，不和任何人聯絡，卻記得此刻的承諾。

「我、我……」

他靠向我的臉，我下意識想躲，但是他卻提起我的下巴。

「不要躲我。」然後他親吻了我的淚水，從眼角、臉頰、唇邊，我看見他雙眼中的炙熱，看見他再次靠了過來。

這一次我選擇閉上眼睛，原先放在我髮尾上的手移到我的肩膀，又輕撫我的臉，然後親吻了我的唇。

我的眼淚掉得更兇了，原來、原來這才是我的初吻。

原來失去的那一年，我和孫日奇發生了這樣的事情。

他離開了我的唇，又再次碰向我的唇，他親吻著我，好像我是什麼易碎物品一般，我能感覺到他的顫抖，他的氣息，他的體溫，還有他的心意。

「我喜歡妳，戀雨莛。」他的臉十分紅潤，帶著淺淺的笑容，拇指擦去我的淚水。

「我也喜歡你。」我開口，卻換來了他茫然的眼神，我的心好痛，原來過去的我甚至沒有告白嗎？孫日奇不知道我也喜歡他？

「我喜歡你，我也喜歡你，孫日奇！我也喜歡你！」我大吼大叫著，搖晃著他的身體，想要喚醒他，可是徒勞無功，他的雙眼看不見我、他的耳朵也聽不到我。

周遭的一切都停止，風停止、鳥停止、校園的聲音也都停止，空氣滯留、雲不轉動，就連太陽的照射都沒有變化。

這一切，都是已經發生卻無法改變的過去。

為什麼？為什麼會這樣？

我看似有所選擇，但其實並沒有選擇。

因為我走在一場已經發生完畢的歷史之中，我無法改變，也無力改變。

明知道了結局，卻還是只能往這條路走去，最後我也是促成事情發展的幫兇之一。

「可是，我喜歡的是溫一凡。」

最後，只有這句話，能夠讓時間繼續前進。

我和孫日奇陷入了一些尷尬，但他似乎還不相信我的話。

體育課的時候，溫一凡他們班也跟我們一起，班上的女孩子們陷入瘋狂，我還是不懂，為什麼他會跟我告白，完全沒有道理。

我坐在看台邊，想著昨天我們還在這裡接吻，今天卻是這樣的狀態。

「妳知道我打掃這裡嗎？」溫一凡坐到我的旁邊，他的語氣有些冰冷。

「咦？」我知道高三的他打掃這裡，高二的他也是嗎？

「我昨天看見妳和孫日奇接吻了。」

我驚了下，「你從哪裡開始看的？」

「妳騙我不喜歡他，也慫恿宋雯雯告白，然後私下再和孫日奇搞在一起？」他的語氣很生氣，但是表情卻帶著微笑，「我知道他喜歡妳，但妳一直以來都說不喜歡他，所以我相信了，但最後妳是屬於那種為了達到目的，不惜傷害朋友的類型？」

「不是，你誤會……」

「我只相信我眼睛看到的，天知道妳在背後怎麼嘲笑宋雯雯，怎麼嘲笑我。接下來呢？妳要跟孫日奇交往，然後再告訴宋雯雯是孫日奇追求妳，妳也是拒絕很多次，萬不得已才接受的對嗎？」

「我不是，你聽我說……」

他轉過頭看著我，然後微笑著問：「妳知道古代這種女人，會被亂石打死嗎？」

「你這是什麼意思？」

「背叛的人、不忠誠的人、擾亂他人心智的人，會把胸部以下埋在石頭裡，然後讓眾人丟石頭。」

他在說什麼？我不禁感到一陣惡寒。

「我不會和孫日奇在一起，我也沒有背叛……」

溫一凡拿出了胸前的那顆糖，停了幾秒後撕開包裝，然後放入嘴中。

「妳說得出口沒有背叛宋雯雯嗎？」

「我沒有背叛宋雯雯，對，我和孫日奇接吻，我也喜歡上他，但是我沒有背叛宋雯雯！」

溫一凡惡狠狠地瞪向我，「我得確保妳不會傷害她，所以我等等會跟妳告白。」

「什麼？」

「而妳只能答應跟我交往。妳不能告訴孫日奇，也不能告訴任何人，我們的交往是假的。」

「你為什麼要這樣？」

「因為這是對妳的懲罰，你們傷害了宋雯雯，所以你們也該被傷害。」

「我不要，我不會因為這樣子答應你的交往！」

「妳不答應的話，我就會告訴宋雯雯一切。」

我倒是好奇，他要怎麼去講，他去講了以後呢？他真的有辦法說嗎？

不是都說歷史已經發生，而我無力改變嗎？那不論怎樣，我都會和溫一凡交往，這也表示他不會去說。

只是我感到很難過，沒想到我們的交往是這個原因。

原來他是要報復我，讓我感到痛苦，但卻在時間到了以後真的喜歡上我，失去記憶的我根本不記得和孫日奇的這一段，所以就那樣和溫一凡交往下去，然後讓他一輩子都對我執著……

想到這裡，我不由得潸然淚下，我還掙扎什麼？

就算未來真的改變了，那又怎麼樣呢？

孫日奇就不會去英國了嗎？

溫一凡就不會喜歡上我了嗎？

宋雯雯也不會有那個孩子和老公了。

我能保證另外一種未來會更好嗎？

「不然你去告訴宋雯雯啊？」我對眼神茫然的溫一凡說。

「宋雯雯，我和孫日奇接吻了！」我朝球場上的宋雯雯喊。

「日曆，我喜歡你！」我向站在籃框下的孫日奇吼。

但就跟之前一樣，時間會靜止下來。

我大哭著，我並不是來過去「生活」，我只是來「體驗」已經寫好的劇本。

我能做的，就只是接受，否則就是永遠困在這。

「對不起，溫一凡，我奪走了你一輩子的執著，就只因為我的自私。」我掉著眼淚，看著眼前這時還沒愛上我的男人。

「對不起，孫日奇，要不是我跟初戀販賣所許願，那我……」我怎樣？高中我會喜歡上孫日奇嗎？

不就正是因為我許願了，所以才有了這一切嗎？

「但至少……你不會去到英國，消失了蹤跡，離我這麼遠。」我看著眼前的孫日奇，想把他此刻的模樣深刻在腦中。

我整理好情緒，看著溫一凡，他的手掌有著一堆石頭，那象徵要砸死我的亂石，卻被他形容成了對我的堅若磐石。

「我們交往吧。」

時間，終於往前了。

最後，我在眾人的驚呼聲中，接受了溫一凡的告白，收下了他那代表羞恥的石頭。他說會送我六十顆，那之後我就自由了。

然而我知道結局會是什麼，所以我誰也不恨。

只是我永遠不會忘記，當我接受時，孫日奇的表情就像是世界末日一樣。

對不起，孫日奇，我過了四年才想起你。

我在筆記本上面畫下了溫一凡跟我形容的，關於被埋在石頭下的女人，我都記得我會看見什麼，我不再與命運抵抗，就連最後的六十天，我都畫上了代表孫日奇的日曆，以及愛心與笑臉。

我知道自己一定看不懂，但至少，我也得用這樣的方式紀念我們這段感情。

假設我不是從未來回來、假設我真的可以改變、假設我都還記得，那我們或許能夠在一起。

但這對溫一凡又公平嗎？

最終，是我不該求助初戀販賣所，早在老師的事情時，我就應該學到了教訓不是嗎？

收到第十三顆石頭後，我再次眨眼，又回到了我的房間。

我又是那個大四的戀雨莛，那些過去已經發生，如今我做什麼都無法改變。

我拿起孫日奇拍給我的照片，這時候我才發現，在其中一張照片的後面，孫日奇寫了一句話。

我們曾經惦記著的街道，我在這想著妳。

我抱緊著那些照片，哭得像個孩子。

我的青春，已經不會回來，而他在我的記憶之中，永遠都是那年少的模樣。

他成為了，我記憶之中的永恆。

Chapter 4

橙花之時

二十三歲。

大四的我畢業好一陣子了，已經踏入社會幾個月，從以前就聽說社會很殘酷無情，但實際踏入後，卻覺得社會比學校成績還要仁慈。

宋雯雯的孩子快要一歲了，出生時我還是學生，送不起什麼東西，連紅包都只有六百。出社會後，雖然有固定收入了，但還是送不起太昂貴的禮物，上網搜尋了一下，人家說送錢最實際，但是送錢我頂多也只有一千八緊繃，沒辦法，我的薪水一個月只有兩萬五，還得給孝親費和學貸。

只能說，令人一夜長大的不是愛情，而是經濟。當經濟必須獨立時，你就會忽然長大了。

雖然我還是住在家裡，但是爸媽堅持我和哥哥都必須支付水電費與房租，所以我還不太算是獨立，但也是類獨立了。

所以我最後決定送尿布，實用排名只在金錢的後面，當然貼心的我不忘打電話確定宋雯雯需要的尿布品牌和類別，最後提著尿布親自拜訪。

這是我第一次見到她老公，他不認得我，但是我記得他。

他是國中時期，隔壁班班長的校草男友，那個被借來的男友，最後回到青梅竹馬身邊的那個男友。

趁她老公去幫寶寶換尿布的時候，我趕緊問了宋雯雯關於她老公的事情。

「他有一個青梅竹馬沒錯，但是她嫁人了，而且還嫁到美國。」原來青梅竹馬在國外念書的時候，也有了一個戀人，但是兩人因為社經地位與異國身分分手，傷心之餘回到了台灣，見到昔日單純的青梅竹馬後，才重拾了年少的戀心。

而後，當那位校草哭著求隔壁班班長分手時，與青梅竹馬交往了好一陣子，最後青梅竹馬接到異國戀人的通知，他克服了一切，希望她回到他身邊。

這一次，換青梅竹馬和校草道歉了，就是這時候校草與宋雯雯在網路聊天室認識，直到高三聽聞了初戀販賣所的事情，但是嘗試未果，最後青梅竹馬回到美國找異國戀人，校草終於放下，之後兩人於大學相認相識相戀，然後就到現在。

但，我當然不可能告訴宋雯雯這麼詳細的事情，所以扣除了初戀販賣所，只說了隔壁班班長的分手理由。

「我知道他對青梅竹馬曾經很上心，因為當時我可是都聽著他講呀。就像他也知道我對孫日奇的掛心一樣，不過如今，我們兩個的心都在女兒身上啦。」

宋雯雯豁達不已，她說，婚姻和孩子完全是人生另一個階段、另一個層級，「我很討厭人家說『等妳有小孩就知道』或是『等妳結婚就知道』這種話，但如今我站在這個角色，才明白箇中道理，那些以前會在意的東西，現在都不在意了，唯一在意的只有小孩。」

我們才二十三歲呀，怎麼宋雯雯感覺長大好多了。

原來一夜長大除了經濟獨立外，還有踏入婚姻、或是成為人母。

我的手機響起，來電號碼是關新洛，我習以為常地接起，「新洛哥，現在又是休息時間嗎？」

「是啊，妳哥沒有接電話，所以我又打給妳了。」

「新洛哥啊，你在當兵耶，打電話的時間應該是很珍貴的，怎麼不打給女朋友，要打給我哥和我呢？」

「妳是明知故問嗎？我就沒有女朋友啊！」關新洺在電話那頭大叫，我笑個不停。

人家說，男生當兵是他們一生最脆弱的時期，這時候的他們就像是水做的女人一樣，會擔心女友人身安全，還有會不會變心。

而每天的電話時間，就是他們唯一能夠與外界聯繫的時段，這個時候通常男生都會把認識的人（大多都是女生）的電話打過一遍。

於是，我也有幸地在關新洺的通話名單裡。

一開始，是他打給哥哥的時候，因為哥哥在洗澡，我便接了起來。於是他問我以後能不能也打給我，我就留下了電話號碼給他。

「就知道我朋友多少了，居然還得打給妳哥。」關新洺在電話那頭大嘆氣。

「我以前甚至懷疑過你和哥哥到底是不是一對耶。」我忍不住吐槽。

「可別這樣講，這樣以後我就不敢打了！」關新洺在那頭鬼叫，「對了，我下次放假找你們玩。」

「新洛哥，你哪次放假沒有來找我們玩了？」我再次吐槽，會這樣調侃他真的不是沒道理，因為每次放假他除了回家外，就是來找我們了。「我有些朋友都趁放假時又交了女朋友呢，新洛哥怎麼不也這樣做？」

「女朋友要怎麼在短短的放假時間交到啦！應該是以前就有曖昧的對象吧？」

「沒有喔，他們有些就是聯誼然後認識就交往了！」我漏掉了上床，不過我想關新洛會懂。

「那種不就速食愛情，我可不要那樣呀！啊，妹妹，我時間到了，先這樣，明天再打給妳。」

「好喔！掰掰～」

掛掉電話後，我拿起面膜敷到臉上。

每天差不多的時間捎來的電話，成為了我這一年的習慣。

我的工作是處理網路拍賣的各項問題，算是一個新興行業，除了回覆線上問題外，還要包貨、理貨、點貨等，薪水沒有太高，但是老闆娘人很好，加上如果當月銷售不錯，老闆娘還會另外包紅包給我們，加上同事們大多同年齡，整體工作還算滿愉快的。

「送貨囉。」負責我們這一區域的送貨人員也是個年輕的男生，有次閒聊時得知他大我兩歲，名字叫做大安，被我戲稱大安區。

「嗨，大安區～今天比較晚呢。」

「沒辦法，路上塞車啊！這邊，今天有三箱。」大安露出微笑，因長期送貨而曬黑的皮膚看起來有歲月的痕跡，不過卻十分健康的感覺。

我蹲在旁邊盤點，大安似乎東張西望，接著忽然低聲問我：「妳有男朋友嗎？」

「咦？」我愣了一下，然後說：「沒有。」

「是嗎？」他笑了起來，但也沒有多說什麼。

我立刻低頭繼續點著早就點完的貨品，然後偷偷勾起微笑。

「他應該是喜歡妳喔。」理著平頭的關新洺一邊翻著漫畫一邊說。

「真的嗎？」我也翻著最新的漫畫，喝了口飲料。

「聽起來妳也喜歡他啊。」

「要說喜歡的話好像太早，就是覺得他很可愛，挺有好感的。」

「真好，我什麼時候才能回到這樣的世界。」關新洺抬頭看著四周，我們正在複合式漫畫店，有飲料、漫畫、ＤＶＤ等，坐在店裡看書只要五十塊，需要飲料就另外點，非常划算。

關新洺當兵休假的時候，我們時常來到這裡殺時間。

「妳哥也很沒良心，每次都放我們兩個。」

「哥交女朋友了，你覺得他會有心嗎？」我看著因操練而曬黑的關新洺，和大安的黑不太一樣，總覺得關新洺的黑更像是拍雜誌的那種，黑裡透亮。

「也是。」他歪頭看了我，不知道為什麼，對眼的瞬間有些不好意思，我趕緊把視線移到漫畫上。

「快看漫畫吧，你不是說漫畫都更新好多了！」

「對對對，沒時間浪費了。」關新洺趕緊低頭。

我們兩個靜靜地看著自己的漫畫，我將最後一本放到旁邊，伸了懶腰後決定休息一下。

看著窗外的車水馬龍，接著從玻璃反射出來的自己，又看向坐在我對面的關新洺。

忽然間，我有種好不可思議的感覺。

國中就認識的關新洺，現在已經當兵了，然後坐在我的對面。

怎麼時間過得這麼快，快到我都成年出社會了，過往雲煙逐漸成為雲煙，有一天會連曾經擁有過的年輕歲月都成為好久以前的往事。

「妹妹，為什麼一直看著我？」他沒有抬頭，翻著書開口。

「沒有呀！就覺得好神奇呢，新洺哥現在坐在我對面。」

「為什麼這樣會神奇？」

「因為沒想過我會和哥哥的朋友變成朋友吧。」

「妳也是我的朋友呀。」

「但是新洛哥都只叫我妹妹耶，你知道我的名字嗎？」我故意這麼問。

「雨莛。」然而關新洛出乎意料地只喊了我兩個字，這瞬間我的心跳好像停了那麼一下。

我知道心跳不會停止，也不會忽快忽慢地跳動，但就是那種感覺。

「呵呵。」我尷尬笑了下，發現原來我還會害羞。

二十三歲時的我，踏入社會快要一年，比起以前少了學生氣息，多了些獨立。但是要到成熟的大人，還有一段距離。

我沒有戀愛，也準備好如果有一天戀愛了，無論遇到什麼樣的事情，都不再求助初戀販賣所。

我要趁著單身的這段時間，把自己過好，培養自己成為更好的人，無論遇到什麼樣的困難與痛苦，都足夠強大去面對與對抗。

於是，大安的詢問、宋雯雯的孩子、國中時的校草、每天等待當兵的關新洛捎來的電話、和關新洛待在漫畫店度過一整天的記憶，成了我二十三歲最印象深刻的事情。

二十四歲。

「祝妳生日快樂！」

「哇！謝謝你。」我笑著收下了我的禮物。

「哎唷，為什麼在公司放閃啊？」同事曉蘋大聲嚷嚷著，其他同事也跟進。

「因為今天不能慶祝，所以只能這樣啦。」大安故作委屈。

「我們有約週末慶祝了啦！今天是禮拜三呢，要回家啦。」我趕緊澄清。

大概三個月前，我答應了大安的告白，決定與他交往。

對比以前喜歡老師、孫日奇、溫一凡的那種宛如瀑布暴雨的感覺，和大安的感情比較像是穩定的河流一般。

或許是他出社會出得早，總覺得大安很成熟，在很多方面都讓著我，也很讓我安心。

像是今天是我的生日，但因為是禮拜三，我想要早點回家休息，便說了不想當天慶生，大安也理解，所以我們就約好週末再過。

只是沒想到他會提前送我禮物，在同事的鼓吹與大安的期盼下，我現場打開了禮物，是一雙我想要的球鞋。

「你怎麼知道我想要這個？」我驚呼。

「哇，這不便宜吧！」

「大安薪水這樣可以嗎？」

「你不知道送鞋給女友會跑嗎？」

最後那句話真是多餘，不過這個說法我倒是真的不知道。

「沒關係，只要給個一塊就破解囉。」大安立刻朝我伸手，我也笑著把桌上的一塊錢給他。

「好了啦！你們好無聊！」我對同事吆喝著，大家歡笑著鳥獸散，而大安也還需要送貨，和我聊了幾句後就離開。

中午，和同事們一同聚餐小慶祝，老闆娘還買了昂貴的蛋糕「暖壽」，我說自己瞬間變成六十歲了。

晚上，爸媽也帶我和哥哥去吃了好料，一整天下來熱量提升不少，還被哥哥調侃生日當天居然沒和男友過，很可憐之類的。

「跟爸媽過有什麼可憐，我哪像你不孝！」我回嘴，在爸媽面前哥哥頓時啞口無言，哼哼，我贏了。

到家後，哥哥馬上回房間和女友煲電話粥，而我則準備卸妝洗澡，這時候關新洛的訊息傳來。

「雨莛，生日快樂，二十四歲是妳最後青春年華的歲月，因為二十五歲以後歲月如梭喔～一下就會三十歲了！」

我看著這個不吉利的祝福，已經退伍的關新洛目前在設計公司上班，工作十分忙碌，但偶爾還是會維持傳統，和我一起去漫畫店看看漫畫喝喝飲料，有時候也會和我聊聊近況。

他得知我和大安在一起的時候，只說著他不意外，畢竟看得出我對大安也有好感，然後提到他最近和一位女同事走得很近。

「那新洛哥才要小心呢，你可是已經二十五歲了，比我更接近三十歲！」我回覆這段話。

「哈哈哈，我想妳今天也吃了不少蛋糕吧？如果還沒要睡，要不要下來我拿個東西給妳？」

我看著訊息，沒有意會過來是什麼意思。

下一封訊息馬上又來：

「如果妳不方便了，就叫妳哥下來，反正我也要找他。」

這時候我拉開窗戶，在我們家樓下有一個小公園，關新洛就坐在那裡。

「天喔，新洛哥，我現在就下去！」

我馬上拿了件外套就往樓下跑。

「嗨，晚安。」他的鼻子有些通紅，在這冷冽的天氣之中，不知道他等了多久。

「新洛哥，你臉都紅了，怎麼不上來？等多久了？」

「沒多久，而且時間也晚了，我想說不要上去打擾。」然後他把手上的小提袋給我，「小小的東西，祝妳二十四歲生日快樂。」

「謝謝你，該不會是特意過來吧？」我接過提袋隨口問。

「當然不是，我是剛好經過。」關新洺說著，而我看見提袋裡的東西。

「天啊，也太實際了吧！」我忍不住笑出來，是漫畫店的會員卡，裡頭儲值了三千元。「而且好貴重！」

「這三千可不是都給妳的，以後我們一起去漫畫店時，就用這一張結帳。」關新洺說著。

「那當然！」我比了讚，結果他打了個噴嚏。

「等等，我上去拿個東西。」

「不用啦，我就要走了。」

「新洺哥都特地來一趟了，這樣我過意不去。」

「我又沒有說我特意過來……」但是他也沒有再否認。

所以我跑回樓上，用保溫瓶裝了熱水，然後拿了兩個馬克杯與熱可可粉放到袋子裡，又順手拿了冰箱裡的兩塊小蛋糕。

「妳在幹嘛？」講電話講到口渴的哥哥出來裝水，見到我拿食物的模樣又皺眉，「妳又餓了？會胖死喔。」

「不要管我！」我沒有告訴他關新洺就在樓下，總覺得沒有必要講。

所以我拿好東西就跑下樓，當我站在一樓鐵門時，看見關新洺在小公園來回踱步，雙手不時放在嘴前哈氣保暖，我的心一緊，卻不知為何。

「新洺哥，我拿了好東西來喔。」

我將可可粉倒入馬克杯裡，並且加入了熱水攪拌後遞給他，順便打開了小蛋糕的包裝，關新洺眼睛一亮，「沒想到妳生日還要讓妳張羅。」

「跟三千元比起來這不算什麼。」我如此說，這讓關新洺笑了。

我們在寒風中喝著熱可可，吃著小蛋糕，又聊了一下彼此的生活瑣事，直到我打了個哈欠，關新洺才說要回家了。

他目送我上樓，我也催促他快點離開，最終他堅持到我回到房間在窗邊跟他揮手後才離去。

我看著他的身影消失在轉角，嘴角勾起了微笑，這時才想到手機在第二次回到樓上時放在廚房沒有拿。

裡頭有大安傳來的訊息，還有兩通未接。

我覺得有些抱歉，但手指卻在回電那裡停留了一下，時間已經快要十一點，我還得先洗澡卸妝才行。

所以我將自己一切都打理好後，躺到了床上也快要十二點，這時候我才傳了訊息給大安。

「剛才和家人吃飯回來睡著了，現在洗好澡準備睡了，你呢？」

大安很快已讀，回我早點休息，又再祝福一次生日快樂。

我不知道自己為什麼說謊，也覺得有些歉意。

但是這是無傷大雅的謊言，新洛哥是我從國中就認識的哥哥。

況且，要是老實告訴大安的話，才更容易招致誤會吧？

「晚安。」

所以我打下這句，作為終結。

然後在一個月後的某個禮拜六，關新洛找了我一起去漫畫店。那一天我和大安約了要吃飯，所以拒絕了關新洛。

「不然改禮拜天？」我問，關新洛也同意。

於是週日，我們在漫畫店裡見面，三千元的會員卡第一次被使用到。

我們翻閱著漫畫，有一搭沒一搭地繼續聊著近況。

「妳最近和男友相處如何？」

「還行。」我翻了下一頁，「新洛哥呢？和女同事如何了？」

「嗯，這三千元看來以後都要妳自己用了。」他說著，而我眼睛還是看著漫畫的格子，「因為我和她交往了。」

「是喔，恭喜耶。」我又翻了一頁，「但是有女朋友我們也還是可以一起看漫畫啊，我有男朋友還不是一樣和新洛哥看漫畫。」

「嗯，也是。」

我視線從漫畫裡移到他臉上，「是吧。」

「嗯，是啊。」

然後我們低下頭，繼續看著漫畫，繼續維持這個傳統。

於是，我和大安從朋友到交往，他讓我感受到了穩定的細水長流愛情。而關新洛從當兵開始單身了兩年，終於交到了女朋友。

二十四歲時，我只記得這兩件事情。

啊，還有在那個公園，臉頰因冷風而被吹紅的關新洛的笑臉。

我是在之後才知道，那一天，是寒流最冷的一晚。

二十五歲。

「我們的感情，是不是不對等？」

在我生日的前一天，我收到了大安這樣的訊息。

我不懂他怎麼會有這樣的想法，這一年我們交往得不是很順利嗎？

但他卻說，他感受不到我對他的愛意有像他那麼多。

我還以為我們的交往很穩定，我在保有自我的情況下與他相處得愉快，可是沒想到大安接受到的訊息卻是我的喜歡如此稀薄。

可悲的是，我想不出該怎麼跟他解釋。

見我已讀許久沒有回應，大安再次率先說話了。

「是我太敏感了。當我沒說。我很期待明天的晚餐。」

今年我的生日一樣在平日，但有鑑於去年對大安有些歉意，所以今年即便生日是禮拜一這種爛日子，我也答應了大安一同慶生。

他興致勃勃預約了看得到夜景的餐廳，但我卻只是計算來回時間，想著明天還得趕出貨這件事情，所以心不在焉的。

我看著大安的訊息，忽然有種感覺，我是不是讓他委屈了自己？

「生日快樂，雨莛。」

關新洺的訊息傳來，還附帶了一張日本的街景照片。

「好美喔，我也好想去呢。」

他正和女友在日本旅遊，每天都會傳一些日本的街景照片給我看。

「以後叫男友帶妳來呀。」

「哈哈。」

訊息到此中斷，我點開了關新洺的臉書，連結到了她女友的頁面，然後看到許多張與關新洺的合照。

她的女友長得非常漂亮，與關新洺站在一起很搭配，我看著他們牽著的手，不知道為什麼，覺得有些怪異的心情在內心滋長。

然後，我轉而搜尋了Shawn Sun的臉書頁面，看見了孫日奇。

會發現他的臉書，也是歸功了推薦好友的功能，他一定是有填寫到了什麼，被系統找出了我們的關聯性，進而推薦給了我。

我想，他那邊是不是也有看到我的推薦呢？

他會不會也偷偷關注著我的臉書呢？

我看著他拍攝的倫敦街景，看著他曾經將哈利波特的城堡當作大頭貼的紀錄，始終沒有勇氣按下加入好友的邀請。

或許再多年一點之後，或許我確定他釋懷了，我也釋懷了以後吧。

然後，我又點開了溫一凡的臉書，他在嘉義過得還不錯，工廠經營得似乎有聲有色，至少他開的名車是我們這個年紀的人買不起的。

他過得很好，我就放心了。

我能篤定他一定有觀察我的臉書，因為我曾經在深夜接到臉書通知，溫一凡按了我一張相片的讚，而那張照片還是我好幾年前Po的打卡照。

但是當我點開通知時，溫一凡的讚卻消失了，他收回了。

那個瞬間我好想哭，那表示他在這樣的深夜滑著我的動態時報，一路滑到了最下方後，不小心點到了讚，然後又收了回去。

他運氣不好，被我看見了。我也運氣不好，知道了他還在掛心我的事實。

再一次提醒我自己，年輕時犯了多蠢的錯誤，傷害了他們。

「這是日本帶回來的伴手禮。」關新洛在回到台灣後的第一個週末來到我們家，並帶了一大堆禮物過來。

哥哥不要臉地請對方買了日本限量球鞋，我和爸媽都搖頭，這麼占空間的東西虧他敢開口。

「這是日本很受歡迎的保養品，這個是很好喝的威士忌，這邊是零食……」

「天啊！新洛哥，這些該有多破費啊！」我大驚，爸爸媽媽也傻眼，關新洺送了好多東西，讓他們直說要添錢給他。

「不不不，這些都是我該做的，謝謝以前叔叔阿姨這麼照顧我，讓我蹭了好幾頓免錢的飯。」關新洺說起知恩圖報這套說詞，聽得我們都覺得太過客氣，但是哥哥卻欣然接受。

之後哥哥陪關新洺去搭車，而我和爸媽在家裡清點著那些我們根本吃不完的零食，我忽然發現關新洺的悠遊卡沒有帶走。

「我送去捷運站給他們。」於是我拿起悠遊卡就往外跑，結果順路遇到回來的哥哥。

「新洺哥的悠遊卡沒有帶！」

「傻眼耶，但是我大便好急，妳幫我送去吧？」哥說完就急忙忙地跑回公寓，而我則往捷運站跑去。

一進到裡頭，就看見關新洺站在售票的機器前準備投幣，我趕緊大喊：

「新洺哥！」

他轉頭，看見我手上搖晃的悠遊卡，露出了笑容。

「謝謝妳幫我送過來，我還以為是掉在哪！」他說著這張悠遊卡裡面存了兩千，要是弄丟了就慘了。

「新洛哥，你等等就要回家了嗎？」

「怎麼了？」

「你送我們這麼多東西，也太不好意思了。我請你吃個東西吧？」

「不用不用，幹嘛這麼客氣。」

「客氣的是你吧！走啦！讓我請你。」所以我拉起他的手腕，直接往一旁的甜點店走去。

「這一家甜點很好吃，新開的，甜而不膩。」我介紹吃過的品項給他，他選定了我大力推薦的舒芙蕾後，又要跟我搶著付帳，但是我馬上拿出了一千塊給店員，贏了這一回合。

「你和女朋友去日本，好好玩就好，做什麼還要費心買我們家的禮物。尤其是我白痴哥哥的，買球鞋耶！太占位置了！」我怪叫著，但是關新洛卻搖頭說這一點也不麻煩。

「妳知道我很喜歡妳哥嗎？」

我差點把飲料吐出來，驚恐地看著他，「我以前以為你們是一對，結果沒想到你們真的是一對？還是一直以來都是你單戀哥哥？」

「不是那種喜歡。」關新洺大笑，「我的父母感情不和好幾年，直到我國中的時候離婚了。」

「咦？」

關新洺忽然說起了他過往的事情，他說，他的父母各自外遇，但為了孩子還是在一起，也因為各自外遇了，或許互有理虧之處，他們反而更能擔任好父母的角色，不會指責對方的不是。

然而，這讓小小的關新洺非常不能理解，他甚至對父母說過「離婚吧」這三個字，但父母就是堅持要等他再大一點。

直到國中時，阿公過世了，關新洺才知道父母在等的是這個，他們不要讓長輩知道真相，於是在辦完葬禮後，父母簽字離婚了。

關新洺雖然一直希望他們分開，但隨著時間，或許他內心多少期待著父母就會這樣子在一起一輩子。所以當父母真的分開後，他的想法有些走偏了。他有許多怒氣不知道往哪發洩，在學校打架鬧事，父母出於對他的虧欠，也總是大事化小、小事化無，這讓關新洛更加認為父母並不在乎他。

年輕的孩子想法總是偏激也難以捉摸，因為他們也不懂自己要什麼，別人當然更不會懂了。

那時候的關新洛，在學校可是人人頭痛的存在呢。

而我對這些事情並不知情，畢竟國中的哥哥和關新洛只是同班同學，加上當時我的心思都在老師身上，根本不會去注意不同年級的事情。

就在那時候，哥哥是班上唯一幫關新洛說話的人。

「當沒有人跟我同組的時候，妳哥哥會主動跟我同組。當有人說我很可怕的時候，只有妳哥哥幫我說話。當大家當我是空氣的時候，只有妳哥哥會和我打招呼。」關新洛訴說著這些我不清楚的往事，「他事後跟我講，是因為我成績很好，所以他才會幫我。」

我失笑，「很像哥哥會講的話。」

「無論怎樣，那都大大救贖了我。」關新洺聳肩，「那時候我只覺得他真是一個好人，高中和他不同學校很可惜，不過我也因此找回了自己的定位，大學再次重逢我很高興，覺得一定要好好珍惜和他的情誼。」

「沒想到新洺哥這麼感性。」

「我自己講了都覺得有點噁心，妳千萬別告訴他。」

「當然不會，這樣子哥哥會太自滿。」我喝了熱紅茶一口，「但是這樣和我們家有什麼關係？難道是因為哥哥？我們都沾了哥哥的光！」

「不是，妳爸媽常常請我吃飯啊！我父母離婚以後我誰也不想跟，因為他們都有各自的伴侶，我媽那邊的男朋友自己有小孩，我爸後來又跟那個阿姨生了小孩，我不管在哪裡都覺得自己是外人，所以我高中就自己住，要求他們每個月負擔我的生活費就好。」

但無論怎樣，吃飯方面也總是外食，是一直到大學與哥哥重逢以後，關新洺才再次在我們家吃到家常菜。

「我在你們家重新感受到了一個家該有的溫暖，原來一個幸福的家庭可以是這個樣子，那些飯菜慰藉了我許多撐不下去的時候，所以我一直很感謝你們家。」

我從來沒想過關新洛這麼常來我們家是這個原因，也從來沒有想過他有這一段過去，畢竟關新洛總是笑臉迎人。

「但怎麼說，你也還是送太多東西了。」我扭著手指，「這樣怎麼好好和女友玩樂？」

就在此刻，舒芙蕾也送了上來，關新洛把湯匙遞給我，「快吃吧。」

「這是你點的，你快點吃呀。」

「妳說這很好吃，所以我是為了妳點的。」

「吼，我這樣自己點就好了啊。」我雖這麼說，但還是吃下了第一口，融化在嘴裡的綿密感實在太讚了。

「我有時候會想，要是你們真的是我的家人該有多好。」

聽到這句話的時候我停下了手中的湯匙，「所以新洛哥把我當妹妹囉？」

「……妳不是都喊我一聲哥了？」

「也是。」我笑了笑，融化在嘴裡的甜點，竟然有些苦澀。

於是，二十五歲，我找到了孫日奇的臉書，不知道他過得如何，但換下哈利波特照片的他依然在倫敦，這是不是代表他往前走了一點？

而我不小心窺探到溫一凡依舊忘不了我，他的執念是我許願來的，或許一輩子我都得背負這個罪。

然後，我記得那舒芙蕾的味道好苦，苦到我那一年再也沒去吃過。

二十六歲。

我和大安分手了，同時，我也換了一家公司。

換公司和想分手的心不知道是哪個先開始的，我只記得大安吼著：「如果只是要躲我，那妳不需要換公司，我申請換區就行了！」

分手，是大安主動提起的，他覺得我並不愛他。

我沒有辦法反駁，因為我甚至不太理解什麼叫愛。

我曾經以為自己愛老師、愛溫一凡，所以我才會許願，然而我沒愛到可以永遠當個只能照到餘光的花朵，也沒愛到有所覺悟離開台北遠離家鄉，在另一個地方落地生根。

而孫日奇呢？我喜歡他，但是那些感情隨著時間，似乎也成為了夢境。

曾經很難忘的，有一天都會忘，這樣子我真的能明白什麼叫愛嗎？

於是我同意了分手，接受了大安的所有指責。

就在找工作的時候，我收到了一張同學會的邀約，來自張明明。

「朱志勳也會去喔！」她在訊息那端熱切說著，而我內心想起了許久前的八卦。

「妳知道老師的事情嗎？」我問。

「和學生談戀愛那個？」張明明多年後還是如此神通廣大。「妳知道對象是誰嗎？」

「誰？」

「林采彤的妹妹。」

「我的天！真的假的？」

「對，所以林采彤不會去。」

「老師這樣怎麼有臉敢來？」

「因為朱志勳娶了她妹妹啊，還有孩子了。」

一連串的震驚消息讓我不敢置信，張明明又接著說：「原本的老婆離婚也帶走孩子了，雖然朱志勳算是負責了，但是林采彤他們家還是很生氣，不過我覺得總有一天會接受吧，畢竟都有小孩也結婚了。」

我在電腦前震驚不已，有一個恐怖的念頭浮現出來。

即便不是我，老師也會有一個學生當戀愛對象，也就是說，那個學生是不是我無所謂，只要是學生這個身分就好。

隨著年齡的增長，我也逐漸了解了許多事情。

有些人並不是非我不可，只是剛剛好我在那，剛剛好我符合了他的某些條件。

即便在初戀販賣所的祈求之中，老師也並不愛我，或許老師本身就有些戀童的因子，才會無論過去多久，找的對象都是國中女生。

至於我的猜測究竟屬不屬實，也要多年後才會知道了。

「那妳要來同學會嗎？」

「不了，我現在工作比較忙。」我說了謊，或許我也不想打破國中時期對老師的最後印象，「下次我們三個再次聚聚吧？一晃眼十年都過去了耶。」

「太可怕了，時間也過太快了。」張明明怪叫，「妳記得我們以前還相信初戀販賣所嗎？」

「妳還記得？」

「當然記得啦！我後來也有進去過。」

一聽到這個事情，我簡直從床上彈跳起來，「什麼時候的事情？妳許了什麼願望？」

「哈哈哈，大學的時候啊！我夢見自己站在一個像是賣精品包的門前，但是我卻步了，所以我轉身離開。我一轉身，就從夢裡醒來了。」張明明大笑著，「然後我就再也沒有進去過。」

「原來還可以不進去的嗎？」

「我猜應該可以吧，而且後來我也和那個人在一起了。」

「妳沒有許願也是在一起了？」

「對呀，我靠自身努力，最後終於追求到他，我後來想想，人還是要靠自己吧。」

我花了好多年才懂的道理，張明明一次就明白了。

「也許妳比我還聰明很多呢。」

「齁，我以前老愛抄妳的功課，不代表我真的是笨蛋齁！」

我們聊到後來直接當天晚上見面，還殺到林采彤家裡，最後非常臨時地決定當週六、日就出去過夜。

這是很冒險的一件事情，畢竟我們已經十年沒有見面。但神奇的是，一見面後，這些年的隔閡彷彿不曾存在過，林采彤開著車一路往宜蘭，她在車上瘋狂咒罵老師拐走她的妹妹。

「妳知道我妹妹幾歲嗎？那個變態！根本就是戀童癖！」

「愛到了也沒辦法啊，說好的戀愛不分年紀和身分呢？」張明明還在一旁搧風點火。

但是多虧張明明這番話，我大笑出聲：「什麼愛情無關地位、年齡、身分的話，都是屁。愛情，就是關乎一切。」

「沒錯！愛情是有條件的，只有年輕人會以為愛可以戰勝一切，對啦對啦是會戰勝啦，但是現實生活更重要好嗎！」林采彤也同意。

「應該說年輕時會覺得愛就是一切，你愛我、我愛你就是最重要的，我不否認這點，但是生活得下去才是現實。那個叫什麼？夢想是豐腴的，現實是骨感的！」張明明一邊看著導航一邊說：「前面左轉！」

「天啊，我們這些話就是單身的女人才會講的，怎麼辦，我們二十六歲了，馬上就要二十七、二十八，然後就三十了！」林采彤又喊。

「我以前還以為自己二十五歲就會結婚生小孩呢，結果～」張明明看著林采彤，「說不定妳妹這樣更好呢。」

「更好個屁，我敢賭朱志勳之後一定又會跟國中生搞在一起！」

我只能說林采彤看人眼光挺準的，某個層面我也暗自慶幸自己與老師的那一段是場夢境，並沒有發生在現實之中。

「等一下，我忽然想到，今天是不是妳生日啊？」張明明轉過頭看著坐在後座的我。

「沒想到妳還會記得！」我好感動。

「真的假的，那馬上去買蛋糕，好好慶祝一下。」

「還有酒，別忘了酒。」

她們兩個女人像是解放一般地狂喊歡呼，我再一次地感覺人生的不可思議以及時光的飛逝。

那曾經素雅的臉，如今點綴著妝感。我們都不再是那些青澀的學生，而是個能開車、能自己辦各種信用卡、能喝酒、能在外過夜的，那些我們曾經夢想變成的，大人。

而我那天一直喧鬧到凌晨，喝了許多酒的我昏昏沉沉要睡去時，才在手機看見關新洺的訊息。

「生日快樂，雨莛。」

接著是一大堆的生日快樂貼圖，我正打算也回個貼圖時，才發現他最下方還寫著字。

「我分手了。」

二十七歲。

宋雯雯的小孩已經五歲了，看著她張羅孩子吃飯的食物與餐具時，我不禁悵悵。

「妳現在很有媽媽的樣子耶。」

「那當然，我已經當媽媽五年了耶。」宋雯雯將圍兜兜放到了孩子的面前，然後用抗菌濕紙巾擦乾了她的手，「以前聽人家說我像媽媽會很生氣，但現在聽到卻覺得很溫馨。」

「我要吃！我要吃！」小女孩開心地拍著桌子，嗯，孩子可愛是可愛，但是我還是好難理解何謂媽媽心。

「我看過別的媽媽說，孩子生病的話，自己願意代替小孩，只希望他不要生病，這是真的嗎？」

「當然是真的，我以前也不相信，但是真的有自己的孩子時，妳會心甘情願這麼做的。」

「好難想像，生病呢。」

「我又要講那句了，『等妳有了小孩就知道』，這句話並不是在催促妳生孩子，也不是說不生的人就怎樣怎樣的，而是，很多事情，真的要成為當事人才會知道，就像是不站在講台上，不會知道講台下一目了然。不成為主管，不會知道需要考量的事情那麼多。同樣的道理，不成為媽媽，就不懂啦。」

宋雯雯感覺已經到了好遠的地方，和她聊天的內容都是家庭，關於老公啦、孩子啦、社區啦、學區啦、房貸啦等等，那些對我來說好像好遠的事情。不過，雖然我的生活圈已經如此不同，但是聽她講述這些還是滿有趣的。

「其實我覺得女人不一定要生孩子，因為生小孩一定會失去很多，自由、經濟、自我、興趣等等等，太多太多了。但是，生了孩子以後，妳會遇見這輩子最愛的人。那種愛跟父母、先生是完全不一樣的。」

聽她講述這些話時，我覺得宋雯雯比任何時期都還要美，她看著她女兒的眼神，是真的把她當稀世珍寶一般。

那個說過為孫日奇傷心了整整一年多的她，現在她還會傷心嗎？

我忽然有種感覺，是不是現在了？

「雯雯，我有件事情想要告訴妳。」我嚥了口水，看著這位結識十年的朋友，將過往那段奇幻旅程告訴她。

這一次，她沒有露出茫然的眼神，時間也沒有暫停。她從疑惑到驚訝最後轉為疼惜，眼眶含著淚水。

當我一口氣說完，總覺得如釋重負，而她的手越過了桌而牽住我，「妳一定很辛苦，那時候只有妳一個人。」

「妳不恨我？」這是我第一個疑問。

「為什麼要恨？」她伸手摸了旁邊孩子的頭，「我有了最愛的人了。」

我掉下了眼淚，原來我並沒有遺忘，只是在等待時機獲得救贖。

世界沒有永恆不變的事物，曾經濃烈的愛情也可能化為淡無味的水，而曾經背負的痛苦也終有一天獲得解脫。

所以，也會有一天，溫一凡會放下對我的執著，迎接新的人生。只要活著、只要有所前進，那一定都會迎來改變。

「但是那個初戀販賣所真的這麼神通廣大啊？」宋雯雯的疑問只有這個，「聽起來已經像是邪術了。」

「倒沒有給我邪門的感覺，只是說隨著時間過去了這麼久，彷彿曾經進去過的這件事情都好像不真實了，有時候我會想，那些會不會真的都只屬於我的一場夢？要不是現實還擺在那裡，我真的懷疑那只是一場夢境了。」

「就當它是場夢吧。」宋雯雯幫我下了結論，「它停留在過去了，而妳也不會再次踏入了。」

「是啊，我已經活在當下。」我說著，這麼簡單的道理，我居然花了這麼多年才體認到。

在我們分別前，宋雯雯問我要不要抱抱她的小女兒，原先我不太敢，因為總覺得好小、好軟，很怕把她弄受傷。

但是宋雯雯卻說，她以前更小、更柔軟，現在很強壯了。

於是我抱起了這五歲的小女孩，看似柔軟卻很有重量，讓我感受到一個生命的沉重。

很久很久以前，我也曾經這麼小過，也曾經天真無邪，認為父母就是我的全世界。隨著越長越大，煩惱逐漸變多，脫離了父母成為個體，甚至到最後煩惱與困難也不會和父母說了。

我抱著她，沒來由地感慨起來。

「等到自己有孩子時，會更多莫名其妙的哭點。」宋雯雯彷彿看出我表情的變化，笑著說了這句後抱起她。

「那還真是可怕呢。」

「是很可怕，但也很幸福。」她說著，與女兒揮手跟我說再見。

我拿起手機，傳訊息給關新洺，問他今天要不要一起看漫畫。

他很快地回覆可以，而我打了一個小噴嚏，三月的天氣還是有些涼。

「我決定要結婚了。」在用餐時間，哥哥忽然慎重宣布。

我和爸媽都驚訝得張大嘴巴，我立刻瞄向關新洺，從他的表情看來他早就知道了。

「哥哥要結婚？我想像不出來，所以要生小孩？」

「妳的問題好蠢。」哥對我翻了白眼。「我打算製造驚喜跟她求婚。」

「沒想到兒子都長得這麼大了。」媽媽忽然哭了起來，拿起一旁的衛生紙擦眼睛，而我看向爸爸，似乎也十分感動。

「人生新篇章啊！」關新洺說著，還鼓起掌來。

「求婚的話，要拜託你們幫忙了。」哥哥看著關新洺又看著我。

「我？」我比了自己的臉，「我？」再一次確認。

「當然，妳是小姑耶。」

「不要這樣講！聽起來好老！」

「老什麼啊，都快三十歲了。」關新洛對我笑道，我的心有些癢癢的，對他扯了嘴角。

於是，我們開始著手準備哥哥的求婚驚喜派對。

週末，我們三個在一間咖啡廳討論，哥哥很老套，他說要找一群人跳個快閃舞蹈，但根據我對將來嫂嫂的了解，她不會喜歡那種盛大又會引人注目的排場。

「還是讓她在一個地方等你，然後我們每個人輪流拿一枝花出去給她，最後你再拿出一朵上面有戒指的玫瑰花跪下求婚？」關新洛提議。

「新洛哥，你這個是以前的金莎廣告吧？」

「難怪覺得很有畫面！我被潛意識了！」關新洛恍然大悟。

「其實我覺得根本不需要這些，你只要帶她去吃個浪漫又昂貴的晚餐，然後戒指買大顆一點，在最後跪下來求婚，這樣就可以啦！」我說。

「我聽到重點了，戒指大顆一點。」哥哥臉色鐵青，訴說著他無法買大顆鑽戒，因為很窮，這讓我聽了都笑了出來。

「沒有女人要嫁給窮鬼！」我比著哥哥，「又沒有要你買　克拉！但好歹也要有點碎鑽啊！」

「其實鑽石只是商人搞出來的妳知道嗎，黃金比鑽石還要保值。」關新洺還在旁邊科普。

「我當然知道！但就是要鑽石！」我說，就跟用巧克力過情人節是一樣的道理，有些東西就是要搭配才有儀式感啊！

最後，哥哥決定都不聽我們的意見，自己有一套想法的他馬上就離開了，留下我跟關新洺在這。

「那他一開始找我們幹什麼？」關新洺抱怨。

「他就愛這樣，問了別人一堆意見，最後以自己意見為主。」我兩手一攤。

關新洺調整了一下坐姿，「雨莛，妳剛才說沒有女人要嫁給窮鬼這句話……」

「先說我不是拜金女喔！我只是不喜歡人家把『窮』掛在嘴上，愛喊窮的人其實都不窮，手上哪個不是拿 iPhone？」

「妳說得有道理。」關新洺笑了，「那妳剛才說餐廳下跪那個，妳理想中的求婚場景是那樣嗎？」

「才不是呢！難道新洺哥建議的就是你會求婚的方式嗎？」

「當然不是。」關新洺聳肩，「我們為什麼都會建議妳哥一些我們自己都不會用的求婚方式？」

「是不是！這就是重點啦，根本不需要詢問別人的意見，你們的相處你們最知道，所以怎麼樣的求婚才是最好，哥哥內心都知道啦。」

「那妳真的希望的求婚是哪種方式？」

「我覺得就是平平穩穩地度過一天，去某個地方吃飯、逛街，然後一起回家或是看個午夜場，總之就是一起做些什麼，然後在分開時簡單地說句結婚吧或是求婚之類的，這樣就很好了。」我說著，發現關新洺十分溫柔地看著我。

「嗯，聽起來很棒。」他說，低頭喝了一口咖啡，然後又抬頭看向我。

「那，我們結婚吧。」

他從一旁的袋子裡，拿出了許多綠葉點綴的白花，五片不大的花瓣，中間的黃色花蕊長在像是皇冠的中心，散發著甘甜的香氣。

「新洺哥，這是……」

「這是橙花。」他看著我的雙眼如此熱切，彷彿這一切我倆都心知肚明一般。

二十七歲，這是我第一次被求婚。而我們甚至還沒有開始交往。

二十八歲。

傳說是這樣的，宙斯和希拉求婚的時候，手裡拿的就是橙花。

橙花的花語有「純淨」、「新娘的喜悅」、「豐富」等，雖然用宙斯來比喻有些不吉利，畢竟宙斯花名在外。

我更喜歡關新洺送給我橙花時講的意義。

「一年好景君須記，最是橙黃橘綠時。」他的雙頰通紅，聲音微顫，但卻沒有移開眼神。

這句詩詞的意思，就是表示一年中最好的季節便是橘子成熟時，所以橙花代表的就是這個。

最好的時機、最好的年齡、最好的我們。

我收下了橙花，但卻沒有回答關新洺的求婚。

之後，我們就像平常那樣相處，關新洺也沒有再問了。

而哥哥的求婚十分順利，今年就要舉辦婚禮，雖然實歲是二十九歲為老一輩的習俗禁忌，但虛歲也三十了，於是兩家提親、挑選禮服、喜餅喜帖、宴客場地全部都在半年內處理完畢，就這樣來到了婚禮當天。

關新洺理所當然擔任了哥哥的伴郎，而我則是負責收禮，在婚禮當天只有一小段時間可以小聊一下，我看著他高䠷又得宜的身形，穿上西裝更顯帥氣。嫂嫂的伴娘之一，也就是與關新洺配對的那個，不斷找關新洺搭話，明眼人都看得出來她的企圖。關新洺不可能不知道，但是他還是和伴娘一來一往地搭話，讓我在一旁算錢越算越火大。

但是我隨即一愣，我在火大什麼呢？

關新洺和我求婚了，但是我們還是沒有交往啊，他甚至連「我喜歡妳」這句話都沒說呢。

咦？所以我們現在是什麼關係？

那個求婚有期限嗎？他還在等我的回答嗎？

距離他求婚到現在都半年多了，還算數嗎？

這段時間我們當然有持續見面，因為都在忙哥哥的婚禮，也一起吃過幾次飯、看過幾次電影，但除此之外沒有其他曖昧的互動，沒有牽手……啊，有一次過馬路快紅燈了有拉起我的手，但這算嗎？

欸……所以到底……

「對了，你有女朋友嗎？」伴娘的聲音將我拉回現實，我正將紅包收入袋子之中的動作稍停。

「喔，有啊。」關新洺說著，我一愣，趕緊抬頭看他。

你有女朋友？是誰？

然後我卻發現他正看著我，嘴角勾起淺淺的弧度。

啊，是這樣啊。

「是我。」我開口說，伴娘驚訝地回過頭，馬上羞紅了臉。

「真抱歉，我不知道他有女朋友！」她立刻對我鞠躬道歉，感覺非常羞愧。

「不要緊啦，沒事沒事，不要這樣。」我看著在後頭竊笑的關新洺，真的很想說我也是剛才才知道自己是他的女朋友。

我看著關新洺，自己也笑了，所以現在我就只有一個疑問，這樣我們的紀念日是哪天呢？

二十九歲。

在關新洺跟我求婚的一年後，我們結婚了。

婚禮非常簡單，我們找了個有草原的場地，穿著線條俐落又簡單的白色婚紗，周圍擺有自助吧，那天天氣晴朗卻不炎熱，光線好到每張照片都宛如出自攝影師之手。

我和關新洺走到這一步，是誰也都沒料想到的，甚至連哥哥都不知道。

我問關新洺什麼時候喜歡上我的，他說不知道，等到他注意到時，已經喜歡上我了，就像我也不知道什麼時候喜歡上他一樣。

我們的捧花是橙花，代表著一切都是最好的時機。

我想，生命都會幫你安排最好的人，在最好的時間出現。而在此人出現以前，我們會經歷過很多磨難，有時候痛苦得像是難以跨越，便求助了外力。

我感謝初戀販賣所的存在，它讓我體會了我原本可能不會有的戀情，讓我經歷了那些苦痛，隨著時間，將之吸收為養分。

曾經我以為，傷害是沒有期限的，但如今我知道是有期限的，它會變成傷痕，會淡化，會跟著你一輩子，但是你卻會忘記它在那裡。

我們的結婚照片放在臉書上，溫一凡按了讚，這次沒有收回。

「恭喜。」

這是他的留言，這兩個字，對我而言有多麼重要。

我們的時間都往前了。

然後我摸著微微起伏的肚子，感受到裡頭有東西滑過去的神奇體驗，我想起了宋雯雯所說的，妳會遇見生命中最愛的人。

還沒有出生，就已經好愛他了，未來的每一天，我都會更加愛他。

我握緊關新洺的手，放到了我的肚子上。

感謝過去所經歷的每一件事情，讓我走到今天這一步。

那天晚上，我久違地夢見了初戀販賣所。

會說夢見，是因為我能清楚感覺到那就是夢，那和我在夢中踏入販賣所的體感完全不同。

櫃檯裡的女孩已經不是我，而是一個漂亮的女人。

她說，來到初戀販賣所且心無所求的人，就會看見真實的她，否則投射的都只會是自己。

而她要送我一個祝福，就是永遠的幸福快樂。

「這是我們的售後服務。」

十四歲

我看著眼前這片荒蕪，宛如沙漠般的場景，而在其中居然有一個帳篷。

這是什麼鬼地方，一看就知道是夢，但這夢也太真實。

或許是口渴，又或許是我心情很差，我決定走過去看看會有什麼。

「歡迎。」

一個男生的聲音傳來，我差點叫出聲音，因為我竟看到了我自己。

「哭杯喔，這裡是哪裡，你是鬼嗎？」

「這裡是初戀販賣所，你可以祈求任何願望。」

初戀？這什麼女孩子家的東西，我怎麼會來到這裡？

等一下，這個怎麼這麼耳熟，好像是我那天聽到的……對，我聽見了一年級的幾個女生在討論初戀販賣所的事情，好像是能實現愛情的一個地方，還講了方法。

聽起來就很蠢，但不知道為什麼，我在睡前想起來了。

或許是爸媽最近在討論離婚的事情，甚至連他們各自的男女朋友都來家裡一起討論，這讓我非常不爽，好像我的存在是個笑話、是個錯誤一般。

然後我想起了初戀販賣所，覺得這可笑的東西一定是長在沙漠裡，然後或許能實現我的任何願望。

不過就是這樣，我就真的抵達這裡了？

「在這冊子上寫下你的願望，還有對方的姓名。」

「什麼東西，寫啥？」我看著跟我長得一模一樣的男孩，這地方還真怪。

「你的願望。」

「那我能寫上讓我爸媽不離婚嗎？」

「不行。你只能寫自己的事情。」

「我沒有事情可以寫。」我東看西看，這帳篷裡什麼也沒有，就眼前這怪裡怪氣的人，還有那個冊子。「我要走了。」

「你也可以許未來的願望。」他說。

「我沒有願望可以許。」

「人都有慾望，不然你就不會來到這裡了，也不會進來了。」

「……我只是希望我爸媽不要離婚，但你說這又沒辦法許。」

「很遺憾，你只能許自己的願望。」

「那就，我不要離婚。」我在本子上寫上自己的名字，以及不要離婚這四個字。

「我沒有對象。」我看著對方的名字那欄空白，腦中快速閃過一個人影，是戀宇威的妹妹，但我並沒有喜歡她，只是覺得她挺可愛罷了。

「這還是第一次沒有對象的人跑進來呢。」眼前的我看起來有些苦惱，「好吧，那就給你一個特惠，你可以無字數限定地形容未來的這個對象，而我會盡力幫你找到最好的。」

「我怎麼知道你有盡力找到最好的？」

「嗯。」他想了想，啊了一聲，「種植橙花，當花開了以後，你當下喜歡的那個人就是了。」

「哼。」我不屑一笑，憑什麼要一個怪地方幫我決定。

「那你想好要怎樣的人了嗎？」

「我要她被背叛過也背叛人過，要她介入他人感情也被人介入過，在傷害人與被傷害後蛻變成長，成為一個懂得珍惜現下生活的人。」

眼前的我揚起眉毛，「就你的年齡而言，說出這樣的條件不容易呢。」

「很簡單，只要拿出我父母的例子就好。」我又冷笑了一聲，但是該死的卻好想哭。「最後，我要她很愛我跟她的小孩。」

「嗯，你一定會如願的。」眼前的我微笑，接著當我再次張開眼睛時，已經回到了自己房間。

父母最後還是離婚了，我高中就自己搬出來住，在大學和戀宇威重逢後，再次與戀雨莛相遇。

她比我記憶中還要更美了，在見到的瞬間，我感覺彷彿忘記了怎麼呼吸。

就在那個時候，我家中庭的花圃開滿了橙花。

無論我交過幾個女友，喜歡過幾個女生，中庭從來不曾開滿橙花過，只有戀雨莛。可是，戀雨莛並沒有喜歡我，她有男朋友了。

如果她真的是我的對象，那我必須再等等。

我要花點時間，讓她注意到我，讓她也喜歡上我。

在最美好的，橙花之時，與之相戀。

國家圖書館出版品預行編目資料

初戀販賣所 / Misa 著．-- 初版．-- 臺北市：皇冠．
2024.01 面；公分（皇冠叢書；第 5134 種）（Misa
作品集；01）

ISBN 978-957-33-4099-7（平裝）

863.57 112021093

皇冠叢書第 5134 種
Misa 作品集 01

初戀販賣所

作　　者—Misa
發 行 人—平　雲
出版發行—皇冠文化出版有限公司
台北市敦化北路 120 巷 50 號
電話◎ 02-27168888
郵撥帳號◎ 15261516 號
皇冠出版社（香港）有限公司
香港銅鑼灣道 180 號百樂商業中心
19 字樓 1903 室
電話◎ 2529-1778　傳真◎ 2527-0904
總 編 輯—許婷婷
責任編輯—張懿祥
美術設計—嚴昱琳
行銷企劃—謝乙甄
著作完成日期—2023 年 9 月
初版一刷日期—2024 年 1 月
初版二刷日期—2024 年 5 月
法律顧問—王惠光律師

讀者服務傳真專線◎ 02-27150507
電腦編號◎ 593001
ISBN ◎ 978-957-33-4099-7
Printed in Taiwan
本書定價◎新台幣 320 元 / 港幣 107 元